*Ferdinand Raimund*

# Das Mädchen aus der Feenwelt
oder
# Der Bauer als Millionär

Romantisches Original-Zaubermärchen
mit Gesang in drei Aufzügen

Nachwort von
Wilhelm Z



Philipp Reclam jun. Stuttgart

Der Text folgt: Ferdinand Raimund: Sämtliche Werke. Historisch-kritische Säkularausgabe. Herausgegeben von Fritz Brukner und Eduard Castle. Erster Band. Wien: Anton Schroll, [1934]. – Die Orthographie wurde behutsam dem heutigen Gebrauch angeglichen, die Worterklärungen wurden hinzugefügt.

Umschlagabbildung: Ferdinand Raimund als Fortunatus Wurzel mit Constanze Dahn als Lottchen. Anonyme Lithographie, 1831.

RECLAMS UNIVERSAL-BIBLIOTHEK Nr. 120

Durchgesehene Ausgabe 1990
Gesamtherstellung: Reclam, Ditzingen. Printed in Germany 2008

ISBN 978-3-15-000120-2

www.reclam.de

# Personen

LAKRIMOSA, eine mächtige Fee, verbannt auf ihr Wolkenschloß
ANTIMONIA, die Fee der Widerwärtigkeit
BORAX, ihr Sohn
BUSTORIUS, Zauberer aus Warasdin
AJAXERLE, Lakrimosens Vetter und Magier aus Donau-Eschingen
ZENOBIUS, Haushofmeister und Vertrauter der Fee Lakrimosa
SELIMA, ZULMA } Feen aus der Türkei
LIRA, die Nymphe von Karlsbad
EIN TRITON, ZWEI FURIEN } Tonkünstler
EIN DIENER der Fee Lakrimosa
EIN FIAKER
EIN BEDIENTER des Bustorius
EIN GENIUS als Laternbube

Der Morgen, der Abend, die Nacht, der Blödsinn, die Trägheit und mehrere andere allegorische Personen. Zauberer. Feen. Vier Genien

DIE ZUFRIEDENHEIT
DIE JUGEND
DAS HOHE ALTER
ILLI, Briefbote im Geisterreiche
EIN SATYR
AMOR
HYMEN
EIN GENIUS der Nacht
EIN GENIUS an der Quelle der Zufriedenheit

Geister der Nacht. Sechs Pagen und sechs Mädchen

DER NEID } Milchbrüder
DER HASS

TOPHAN, Kammerdiener des Hasses
NIGOWITZ, ein dienstbarer Geist des Hasses
EINE GEISTIGE WACHE
EIN PAPAGEI

Neun Geister als Wächter des Zauberringes. Genien, Geister, Furien und Diener des Hasses

FORTUNATUS WURZEL, ehmals Waldbauer, jetzt Millionär
LOTTCHEN, seine Ziehtochter
LORENZ, ehmals Kuhhirt bei Wurzel, jetzt sein erster Kammerdiener
HABAKUK, Bedienter
KARL SCHILF, ein armer Fischer
MUSENSOHN
SCHMEICHELFELD } Wurzels Zechbrüder
AFTERLING
EIN SCHLOSSER
EIN TISCHLER

Mehrere Bediente bei Wurzel. Gesellen. Volk

Die Handlung beginnt am Morgen des ersten Tages und endigt am Abende des zweiten. Spielt teils im Feenreiche, teils auf der Erde.

## Erster Aufzug

### Erster Auftritt

*Großer Feensaal, mit magischen Lampen von verschiedenen Farben hell beleuchtet, welche, auf Kandelabern angebracht, die Kulissen zieren. Im Hintergrunde die Öffnung eines großen Bogentores, welches durch einen schalartigen, mit Gold verbrämten Vorhang verdeckt ist.*

*In der Mitte des Theaters spielen zwei Furien, ein Triton und der kleine Borax ein Quartett von zwei Violinen, Viola und Violoncello. Die Stimmen des Quartetts wechseln mit Solo. Die Instrumente sind von Gold, die Pulte ideal. Im Kreise sitzen: Bustorius, Zenobius, Antimonia, Selima, Zulma, Lira, der Morgen, die Nacht, der Abend, der Blödsinn und mehrere andere allegorische Personen, Zauberer und Feen, die von Zeit zu Zeit von vier Genien, welche als geflügelte Livreebediente gekleidet sind, auf silbernen Tassen mit Konfekturen bedienet werden. Das Ganze wird von folgendem Chor begleitet.*

CHOR. Welch ein herrliches Konzert,
Wo sich hoch die Kunst bewährt.
Was ist Amphions Geklimper?
Selbst Apollo ist ein Stümper,
Wenn man solche Künstler hört.
Bravo! Bravo! O vortrefflich!
Bravo! Bravo! *(Verhallend.)* Bravo – Bravo –

*(Allgemeiner Applaus. – Alles erhebt sich von den Sitzen, die Spielenden legen ihre Instrumente weg und verneigen sich).*

ZENOBIUS. Bravissimo, meine Herren! das haben Sie gut gemacht, *(zu dem Triton)* besonders Sie.

BUSTORIUS *(tritt vor, einen Csakan[1] in der Hand, im ungari-*

1 Csákánv, Hakenhammer, eine ungarische Reiterhiebwaffe.

*schen Dialekt).* Isten utzék[2]! ist das schönes Quartett, von wem ist das komponiert?

ZENOBIUS. Das Adagio ist von einem Delphin.

BUSTORIUS. Und das Furioso?

ZENOBIUS. Von einer Furie.

BUSTORIUS. Das ist schön, Furie kann am besten machen Furioso.

BORAX. Aber Mama, mich loben s' gar nicht.

ANTIMONIA. Sei nur still!

BUSTORIUS. Das kleine Bübel greift aber manchmal ein bissel falsch.

ANTIMONIA *(die währenddem ihrem Sohn immer den Schweiß von der Stirne gewischt hat).* Mein Herr! das könnte mich beleidigen. Er ist der erste Violinspieler im ganzen Feenreich, er hat einen englischen Meister, der für jede Lektion zweihundert Schillinge bekommt.

ZENOBIUS. Ganz gut, aber überlassen Sie sein Lob andern Leuten.

ANTIMONIA. Wer kann ihn unparteiischer beurteilen als ich, seine Mutter? *(Eitel.)* Obwohl mirs, meiner Jugend und meiner Reize wegen, niemand ansieht, daß ich seine Mutter bin.

BUSTORIUS. Nein, hätt ich Ihnen für seine Großmutter gehalten.

ANTIMONIA. O Sie einfältiger Zauberer! *(Borax weint laut.)* Pfui! mein Boraxi, mußt nicht weinen. Hörst! mußt gar nicht aufmerken auf die abscheuligen Leute da.

BORAX *(weinerlich).* Freilich, was liegt denn mir an den Leuten, die können alle weniger als ich.

ANTIMONIA. Ja mein Bubi, so ists recht! jetzt bist brav!

ZENOBIUS *(lachend).* Bravissimo!

BUSTORIUS *(lachend).* Das ist gute Erziehung. Buben tut sie schön, und Meister gibt sie Schilling.

2 Meiner Seel.

ANTIMONIA. Beleidigen Sie mich nicht länger, oder ich verlasse die Gesellschaft – *(Will fort.)*

ZENOBIUS. Bleiben Sie. Hat Lakrimosa Sie darum zu sich gebeten, um zu streiten? Sie wird den Augenblick erscheinen, sie empfängt nur ihren Vetter, den sie aus Donau-Eschingen erwartet hat und der wie Sie alle im Hexengasthof abgestiegen ist, weil im Palast hier niemand wohnen darf.

ANTIMONIA. Gut, aus Höflichkeit will ich bleiben, aber schweigen kann ich nicht, durchaus nicht!

BUSTORIUS. Das ist liebenswürdige Frau, wenn ich einmal heirate, nimm ich keine andere, aber sie auch nicht.

## Zweiter Auftritt

*Ein Feendiener. Vorige.*

DIENER. Die Fee.

BUSTORIUS. Sie sieht noch gut aus vom weiten.

ZENOBIUS. Das Schicksal hat sie mit ewiger Jugend beschenkt, darum hat der Gram ihre Reize geschont.

## Dritter Auftritt

*Lakrimosa erscheint mit betrübter, aber doch höflicher Miene. Ajaxerle im schwäbischen gestreiften Zauberhabit. Er ist sehr geschäftiger, gutmütiger Natur. Trippelt gerne herum und sagt alles mit dummlachender Miene, als freute ihn alles, was er spricht.*

*Vorige.*

ALLE. Vivat die Hausfrau!

LAKRIMOSA. Es freut mich, meine werten Gäste, wenn Sie sich gut unterhalten haben.

ALLE. Vortrefflich!

LAKRIMOSA. Hier stell ich Ihnen meinen geliebten Vetter vor, Magier aus Schwabenland.

AJAXERLE *(im schwäbischen Dialekte).* Freut mich, Sie allerseits kennenzulernen.

ALLE. Freut uns!

BUSTORIUS. Was Teuxel! das ist ja der Ajaxerle?

AJAXERLE. Der Tausend, wie kommen denn Sie daher? ah Herrjegerle, das freut mich! *(Umarmt ihn.)*

LAKRIMOSA. Kennen sich die Herren?

AJAXERLE. Das glaub ich. Wo haben wir denn nur geschwind Freundschaft geschlossen?

BUSTORIUS. Wissen Sie nicht? Auf dem letzten Geisterdiner in Temeswar.

AJAXERLE. Richtig! wo Sie mir die Bouteille Wein an den Kopf geworfe habe, da hab ich die Ehr gehabt, Sie kennezulerne.

LAKRIMOSA *(tritt zwischen beide).* Genug, meine Herren, diese schönen Erinnerungen ein andersmal. An mir ist die Reihe. *(Überblickt alle mit Wohlgefallen, dann spricht sie mit Gefühl.)* Ja, es ist keines ausgeblieben, alle sind sie hier, die mein Schmerz zu sich bitten ließ. Türkische, böhmische und ungarische Wolken haben sie zu mir getragen. *(Jedem die Hand reichend.)* Mein Bustorius aus Warasdin, meine Freundin, die Nymphe von Karlsbad, sogar Selima und Zulma, die Feen von der türkischen Grenze. Du stille Nacht, an deren Busen ich so oft mein sinnend Haupt gelegt. Der Morgen und der Abend. Blödsinn und Faulheit et cetera, et cetera, alle, alle sind sie hier.

BUSTORIUS. Ist das Freude, sind wir alle da!

LAKRIMOSA. Und nun hören Sie die Ursache, warum ich Sie auffordern ließ, Ihre Wolkenschlösser zu verlassen und mir in meiner bedrängten Lage Beistand zu leisten.

ALLE. Erzählen Sie. *(Alle setzen sich.)*

LAKRIMOSA. Es sind nun volle achtzehn Jahre, als ich an einem heitern Juliustage auf einem Sonnenstrahl nach der Erde fuhr und mich in Blitzesschnelle in einem angenehmen Tal befand. Vor mir stand ein junger blonder Mann, sein edler Anstand und sein gemütliches Auge bürgten für die Aufrichtigkeit seines Herzens. Ihn zu sehen und zu lieben war das Werk eines Augenblicks. Es war der Direktor einer reisenden Seiltänzergesellschaft, die in diesem einsamen Orte halt machte und nicht mehr weiterziehen wollte, bis die für zweihundert Gulden rückständige Gage augenblicklich gesichert wäre. Mein Entschluß war gefaßt: er mein Gemahl oder keiner – ich zauberte ihm schnell einen Beutel Louisdors in die Tasche und flog, in eine girrende Taube verwandelt, in mein Reich zurück. Mein Freund Zenobius sah mich kommen. Erinnerst du dich noch?

ZENOBIUS. Ja, es war an einem Mittwoch, und den Tag vorher haben wir Holz bekommen.

LAKRIMOSA. Ihm übergab ich geschwinde die Schlüssel meines Palastes, und um schneller die Erde zu erreichen, verwandelte ich mich in einen Pfeil, und Zenobius schoß ihn in das Dach des Wirtshauses, welches mein Geliebter indessen bezogen hatte. Ich stieg als reisende Schauspielerin darin ab, und, um kurz zu sein, er sah mich, liebte mich, ward mein Gemahl. Doch nach zwei glücklichen Jahren – wer hilft mir die Erinnerung dieses Schmerzes ertragen? – stürzte er vom Seil, das er von einem Kirchturm zum andern gespannt hatte, und verhauchte seinen stolzen Geist. *(Sie weint.)*

*(Alle weinen mit.)*

AJAXERLE. Ja das Seiltanzen, ich habs auch einmal probiert, aber ich versichere Sie, ich bin recht auf den Kopf gfalle.

BUSTORIUS. Das hab ich schon lang bemerkt, hab ich nur nicht gleich sagen wollen.

LAKRIMOSA. Von tiefer Trauer erschüttert, nahm ich mein Kind, ein Mädchen von zwei Jahren, und kehrte mit ihr ins Feenreich zurück. Bezahlte schnell die Schulden, die mein treuer Zenobius indessen auf meinen Namen gemacht hatte, und nachdem mein Schmerz vertobt war, erbaute ich meiner Tochter einen Brillantenpalast, ließ sie in dem höchsten Reichtum erziehen und schwur, ihre Hand nur dem Sohne der Feenkönigin selbst zu geben. Kaum hatte ich diesen unseligen Schwur getan, so krachten die Säulen meines Palastes, und vor mir stand die Königin der Geister. Büße deine Frechheit, sprach sie, übermütiges Weib. Einem Sterblichen hast du dich vermählt, und deines Kindes Herz willst du durch Glanz vergiften? So höre meinen Ausspruch: Entrissen sei dir auf Erden deine Feenmacht, so lange, bis die Bescheidenheit deiner Tochter deinen Übermut mit mir versöhnt. In brillantene Wiegen hast du sie gelegt, darum sei Armut ihr Los, und des Reichtums Glanz werde ihr zum Fluch. Meinem Sohne hast du sie bestimmt, dem Sohn des ärmsten Bauers werde sie angetraut. Auf die Erde setze du sie aus, dem Irdischen gehört sie an, dann kehrst du zurück in dein Wolkenhaus, und nur die Tugend deiner Tochter kann dich daraus erlösen. Wird sie allen Reichtum hassen und vor ihrem achtzehnten Jahre mit einem armen Manne, der ihre erste Liebe sein muß, sich verbinden, so ist dein Bann gelöst, du darfst sie wiedersehen und in mäßigen Wohlstand sie versetzen. Erfüllt sie bis zu ihrem achtzehnten Frühling diese Bestimmung nicht, ist sie für dich verloren. Bescheidenheit heiße ihr Glück, denn sie ist nur eine Tochter der Erde. Sie verschwand.

BUSTORIUS *(nach einer Pause).* Erdök[3]! ist das schöne Geschichte!

AJAXERLE. Ja! So traurig und so lang auch noch, das ist das Schöne.

LAKRIMOSA. Ich sank mit meinem Kinde auf die Erde nieder, in einem düstern Wald, und in der Gestalt eines alten Weibes pochte ich an eine niedre, aber reinliche Hütte. Ein lustiger treuherziger Bauer, ihr einziger Bewohner, sprang heraus, er hieß Fortunatus Wurzel. Ich sank zu seinen Füßen und beschwor ihn, er möchte sich des armen Kindes

3 Teufel.

erbarmen, sie gut und fromm erziehen, sie nie aus dem Walde lassen und mit siebzehn Jahren an einen armen Jungen, den sie liebgewinnt, verheuraten. Wird er dies befolgen, soll er mich am Tag der Heirat wiedersehen, und ich werde ihn reichlich belohnen. Wer ich sei, dürfte ich ihm nicht sagen. Er schwur, meine Bitte zu erfüllen, und eilte mit dem Kind in die Hütte. Langsam und trauernd schwang ich mich auf, Tränen entstürzten meinen Augen, wurden zu kostbaren Perlen und fielen nieder auf das Strohdach seiner Hütte. *(Nach einer Pause seufzend.)* Ob er sie gefunden, weiß ich nicht.

BUSTORIUS *(gleichgültig).* Weiß ich auch nicht. *(Will aufstehen.)*

LAKRIMOSA. Jetzt kommt das Wichtigste.

BUSTORIUS. Also noch nicht aus? Bravo! *(Setzt sich wieder nieder.)*

LAKRIMOSA. Vierzehn Jahre hat er sein Wort treu gehalten, doch über ein Jahr lebe ich schon in qualvoller Angst. Die mißgünstigen Gesinnungen meiner Dienerschaft verschafften dem Neid Eintritt in mein Exil, und dieser mächtige Fürst der Galle verliebte sich in mich und warb um meine Hand, doch da er von jeher aus meinem Herzen verbannt war, wies ich ihn mit Verachtung ab. Um sich nun dafür zu rächen, schwur er, mich durch meine Tochter zu verderben, und ließ den Bauer einen großen Schatz finden. Im Besitze dieses Reichtums ist dieser nun seit zwei Jahren wie ausgewechselt, wohnt in der Stadt, lebt auf dem größten Fuß, ergibt sich dem Trunke, mißhandelt meine Tochter und will sie zwingen, einen reichen Freier zu wählen, während ihr Herz an einem armen Fischer hängt. Morgen um Mitternacht zählt sie achtzehn Frühlinge, und wenn sie bis dahin nicht die Braut des Fischers ist, ist sie für ihre Mutter verloren. Ich muß hier müßig bleiben und darf sie nicht beschützen. Alle Geister in der Nähe der Feenkönigin habe ich seit zwei Jahren vergebens um Hülfe angefleht, darum habe ich in meiner höchsten Not nun Sie versammeln lassen, und wenn Sie nicht alles aufbieten, mein Kind zu retten, so bin ich die unglücklichste Fee, die je einen Zauberstab geschwungen hat.

ALLE *(springen auf)*. Pereat der Neid! Pereat der Bauer!

ZENOBIUS. Lakrimosa soll leben!

ALLE. Hurra!

BUSTORIUS. Kommen Sie, Frau, sein Sie nicht traurig. Waren Sie zwar stolzes Weibsbild, aber sein Sie bestraft, sein Sie doch gute Person, haben Sie Ihr Kind gern, das gfallt mir. Geben Sie mir Bussel. *(Nimmt sie beim Kopf und küßt sie.)* Nit wahr, meine Freunde, wollen wir ihr alle helfen?

ALLE. Alle! Alle!

BUSTORIUS. Was wollen Sie mehr, sein das nicht rare Geister? Verlassen Sie sich auf ungarischen Zauberer. Was Ungar verspricht, das halt er. Hat er festes Blut in sich wie Eisenbad in Mehadia[4]. Wir wollen schon einheizen den vertrackten Purzel oder Wurzel, wie der Kerl heißt.

AJAXERLE. Ja, das wollen wir, und ich will die ganze Sache dirigieren. Jetzt lauf ich gleich ins Wirtshaus und laß mir was immer für a Vieherle sattle und reit in die Stadt hinunter und werd alles auskundschafte, und außer der Stadt draußen steht ein verrufenes Bergle, das heißt der Geisterscheckel, da kommen wir in zwei Stunden in dem alten Schloß oben alle zusammen und machen den ganzen Plan aus, und die Nacht da *(auf die Nacht zeigend)*, die muß vor uns herfliegen, damit die Sach kein Aufsehen macht, und heut abend müsse Sie schon Ihr Töchterle habe, und wenn sie auf den Blocksbergle vermählt werde soll.

ALLE. Ja, heute noch, Hurra!

LAKRIMOSA. So sind Sie, wie ich Sie haben wollte, jetzt ist mein Mutterherz getröstet. Ich verlasse mich ganz auf Sie. *(Im Konversationstone.)* Darf ich Ihnen gschwind noch mit ein Glaserl Punsch aufwarten?

4 Ungarisches Thermalbad.

BUSTORIUS. Was Ponsch? Nichts Ponsch, ist schon Tag. Lassen Sie Wagen vorfahren. Wo ist mein Fiaker 243?

ZENOBIUS. Die Wägen herbei. Die Mäntel! Es ist ja noch stockfinster in den Wolken, es muß ein Wetter am Himmel sein.

*(Alles bricht auf, nimmt die Mäntel um. Der mittlere Vorhang geht auf, man sieht in eine Wolkenstraße. In der Ferne sind die beleuchteten Fenster einiger Feenschlösser zu sehen. Die Wolkenwagen fahren vor und gerade in die Kulisse ab, nicht durch die Luft. Zwei Diener mit Fackeln leuchten.)*

EIN FEENDIENER *(ruft)*. Fiaker 243, vorfahren!

FIAKER *(schreit)*. Ja! *(Fährt vor.)*

*(Bustorius steigt ein, sein)*

DIENER *(springt hinten auf und ruft)*. Nach Haus!

*(Ein anderer Wagen mit zwei Laternen folgt. Antimonia steigt ein und fährt fort. Zuletzt erscheint eine Wurst, mehrere Zauberer und Feen setzen sich auf und fahren fort.)*

LAKRIMOSA *(nachrufend)*. Kommen S' gut nach Haus! Vergessen S' nicht auf mich! Sie Herr Vetter, ich laß Ihnen einspannen und in den Gasthof führen.

AJAXERLE. Ei bewahr! ich hab ja mein Laternbüble da. *(Ruft.)* He, rufts ihn doch!

FEENDIENER. He, Laternbub!

EIN KLEINER GENIUS *(mit einer Laterne springt herein)*. Hier, Euer Gnaden!

AJAXERLE. Voraus, Spitzbüble!

GENIUS *(ihn nachäffend)*. Voraus, Spitzbüble!

*(Unter allgemeinem Lärm und Empfehlungen:* Kommen Sie gut nach Haus! *usw. fällt der Vorhang vor.)*

## Vierter Auftritt

Verwandlung

*Nobles Gemach in Fortunatus Wurzels Haus, an der Seite ein bronzierter Kleiderschrank. Rechts ein Fenster neben dem Schlafgemach Wurzels. Auf der entgegengesetzten Seite der Eingang.*

*Lorenz mit zwei Bedienten. Habakuk.*

*Lorenz läuft zum Fenster und sieht hinaus.*

STIMME VON UNTEN. Herr Lorenz, der Wein ist da. Gehts einer herunter!

LORENZ *(ruft hinab).* Gleich, gleich, nur nicht so schreien, da ist den Herrn sein Schlafzimmer! *(Zu den Bedienten.)* Gehts hinunter zun Wagen, der echte Champagner ist kommen. Tragts die Flaschen in Saal hinauf. Morgen ist Punschgesellschaft, da muß er austrunken werden, aller, sonst wird er hin, er halt sich nur ein paar Tage. *(Zwei Bediente gehen ab. Zum dritten.)* Und du nimmst ein zehn Flaschen weg und stellst mir s' auf die Seite, ich brauch s' für eine arme Familie, die gern trinkt.

HABAKUK. Schon recht, Mußi Lorenz. *(Geht ab.)*

LORENZ *(allein).* Was man alles zu tun hat, wenn man erster Kammerdiener in ein Haus ist! Wie ich noch Halter bei ihm war, hab ich lang nicht so viel zu tun ghabt als jetzt. Ja, wenn wir auch von Land sein, deswegen sind wir doch nicht auf den Kopf gfallen. Wie ich Bedienter worden bin, hab ich nicht gwußt, warum die Schneider so große Säck in die Livreen machen, jetzt weiß ichs schon: weil die Bedienten von ihre Herrschaften so viel einstecken müssen. *(Sieht durchs Schlüsselloch.)* Mir scheint, er steht schon auf. Das war wieder ein Spektakel heut nacht, mit ihm und seine guten Freund. Bis um drei haben s' trunken und gsungen, über achtzig Gläser zusammgschlagen, und so gehts alle Wochen viermal. Mich wundert nur, daß ers aushalt – Und seine guten Freund halten ihn für ein Narren, sie sagen, er wär der gscheideste Mensch von ganz Mamelukien oder wie das Land heißt. Jetzt will er gar ein heimlicher Gelehrter werden, und ich hab schon was wispeln ghört, ein Philosoph auch noch. Ein Bauer, es ist schrecklich! und er laßt nicht nach, auf die Wochen gehts schon los, da lernt er 's Lesen, und aufs Jahr schreiben, und da hat er recht. Wenn ein dummer Mensch nur wenigstens schreibt, so kann er sichs doch selber *zuschreiben*, daß er nichts glernt hat. Da kommt die Lottel, die därf ich gar nimmer zu ihm lassen, wenn die den Fischerkarl nicht laßt, das wird noch eine schöne Metten absetzen.

## Fünfter Auftritt

*Lottchen. Voriger.*

LOTTCHEN *(einfach gekleidet).* Guten Morgen, lieber Lorenz! Ist mein Vater schon auf?

LORENZ *(sich ein Ansehen gebend).* Guten Morgen, Fräulein Lottel!

LOTTCHEN. Wieviel hundertmal hab ich dich schon gebeten, du sollst bloß Lottchen zu mir sagen. Ich bin nur ein armes Landmädchen.

LORENZ. Was sind Sie? ein armes Landmädchen? das bringt ja einen Tannenbaum um. Sie sind ja eine Millionistin.

LOTTCHEN. Ich will aber keine sein, denn der Schatz, den der Vater gefunden, hat Unglück über unser ganzes Haus gebracht. Ach, wo ist die schöne Zeit, wo der Vater so gut mit mir war, wo ich täglich meinen Karl sehen durfte, wo noch Schwalben unter unserm Dache nisteten, und keine so hungrigen Raben wie jetzt die falschen Freunde meines Vaters! Ach, wo bist du, glückliche Zeit?

LORENZ. Ja, es kann halt nicht immer so bleiben, hier unter den wächsernen Mond!

LOTTCHEN. Wo seid ihr, ihr Nachtigallen im grünen Wald,

ihr wirbelnden Lerchen, ihr funkelnden Käfer? ach! das ist alles vorüber, jetzt kommen keine Schwalben, keine Lerchen, keine Käfer, und mein Karl kommt auch nicht mehr.

LORENZ. Und das wär Ihnen halt der liebste Käfer. Den haben wir aber die Flügel gestutzt.

LOTTCHEN. Nein, noch heute will ich meinem Vater zu Füßen fallen und ihn bitten, das unglückliche Gold von sich zu werfen, seit dessen Besitz sich seines Herzens ein so böser Geist bemächtigt hat. Ich will gleich zu ihm. *(Will gehen.)*

LORENZ *(tritt vor die Tür).* Fräulein Lottel, tun Sie das nicht. Ich darf Ihnen nicht hineinlassen.

LOTTCHEN. Warum nicht?

LORENZ. Der Herr Vater ist krank.

LOTTCHEN *(erschrickt).* Krank? mein Vater krank? Himmel, und bedeutend?

LORENZ. Ja!

LOTTCHEN. Ist das wahr?

LORENZ. Wollen Sies nicht glauben? –

## Sechster Auftritt

*Habakuk mit einer großen Tasse, worauf eine große Gans liegt, ein Teller voll Backerei und eine große Flasche Wein steht, tritt seitwärts ein, bleibt an der Tür stehen, an der andern Tür steht Lorenz, in der Mitte, einen Schritt zurück, Lottchen.*

HABAKUK. Den Herrn sein Frühstück!

LORENZ. Nur hinein damit. *(Deutet aufs Schlafzimmer. Habakuk trägt es hinein. Lorenz zu Lottchen.)* Jetzt haben Sies selbst gesehen, daß er mediziniert. *(Geht verlegen vor.)*

LOTTCHEN *(beleidigt und erstaunt, stellt sich vor ihn).* Lorenz! also mein Vater ist krank?

LORENZ. Nu, schon wie! Bei ihm heißts: Friß Vogel, oder stirb!

LOTTCHEN. Also so kannst du mich hintergehen? Pfui! das hätt ich nicht von dir geglaubt. Geh, du bist ein abscheulicher Mensch! Doch nein, ich will dich nicht böse machen, ich will dir schmeicheln, ich will dir sagen: du bist der beste, der schönste Lorenz auf der Welt, wenn es auch nicht wahr ist, aber laß mich zu meinem Vater!

LORENZ. Und ich darf nicht. Er hats verboten. Er sagt, Sie sind nicht sein Kind, Ihre Mutter war ein Bettelweib.

LOTTCHEN. Himmel! was ist das? So weit ist es mit ihm gekommen, daß er sein Kind verleugnet? Hat er mir nicht oft erzählt, meine Mutter wäre bald nach meiner Geburt gestorben, und ich wäre sein einziges Kind, von dem er einst Dankbarkeit hofft? Und nun verstoßt er mich? Ach du lieber Himmel, ich habe keine Verwandten, keine Freunde, keinen Vater mehr, wenn du dich nicht um mich annimmst, so muß ich zugrunde gehen. *(Geht weinend ab.)*

LORENZ *(allein)*. Was Verwandte, zu was braucht man die? Unser schwarzaugigtes Stubenmädel ist mir lieber als alle Verwandtschaften auf der Welt. *(Ab.)*

## Siebenter Auftritt

*Wurzel aus dem Kabinett.*

WURZEL.

Arie

Ja, ich lob mir die Stadt,
Wo nur Freuden man hat!
Mich sehn s' nimmer aufn Land,
Bei dem Volk ists a Schand.

In aller Früh treibn s' schon die Ochsen hinaus,
Und da findt man kein einzigen Bauern mehr z' Haus.
Den ganzen Tag sitzt man aufn Pflug,
Trinkt Bier aus ein steinernen Krug,
Und auf d'Nacht kommt man z' Haus, was ist gwest?
Um achte liegt alls schon im Nest!

Drum lob ich mir die Stadt,
Wo man Freuden nur hat.
Mich sehn s' nimmer aufn Land,
Bei dem Volk ists a Schand.

Jetzt hab ich so viel Bediente,
Steh um halber zwölf Uhr auf,
Trink Kaffee und iß geschwinde
Fünf bis sechs Polakel drauf.

Kurz, es kann kein schöners Leben
Als mein jetziges mehr geben,
Denn wer mich ansieht, 's ist ein Spaß,
Fallt fast vor Ehrfurcht in die Fraß.

Was das für ein schönes Bewußtsein ist, einen guten Magen zu haben. Ich bin mit den meinen recht zufrieden, ein fleißiger Kerl, alle Achtung für ihn. Oh, ein Magen zu sein, ist eine schöne Charge. Sultan über zwei Reiche, übers Tierreich und übers Pflanzenreich. Ein wahrer Tyrann! Hendeln und Kapauner sind nur seine Sklaven, die druckt er zusammen, als wenn s' nie da gewesen wären. Und doch ein Ehrenmann, der keine Schmeicheleien mag, mit Süßigkeiten darf man ihm nicht kommen, da verdirbt man ihn ganz. Sackerlot, ich bin der fidelste Kerl auf der Welt! Eine Freud hab ich manchmal in mir, da wird mir so wohl ums Herz, so gut, daß ich alles zusammprügeln möcht, so seelenfroh bin ich. Und Geld hab ich, daß mir angst und bang dabei wird. Jetzt hab ich das Haus gekauft, und jetzt kauf ich mir noch einen saubern Weltteil, wo ein kleiner Garten dabei ist, das wird ein Leben werden. Lenzl!

## Achter Auftritt

*Lorenz. Voriger.*

LORENZ. Was schaffen S'?

WURZEL. Wo steckst denn, daß dich um mich nicht umschaust?

LORENZ. Grad bin ich hinausgangen. Die Fräulein Lottel war vorher da und hat mit Ihnen reden wollen.

WURZEL. Untersteh dich nicht, daß du ein Wort von ihr redst, ich will nichts wissen von der Wasserprinzessin. Ist das ein Betragen für ein Haus wie das meinige? Statt daß ein vampirenes Kleid anleget und mit ihren Vatern auf d' Promenad ging', bleibt s' das ganze Jahr zu Haus hocken und geht in einem spinatfarben Überrock herum.

LORENZ. Sie taugt halt nur aufs Land. Sie will halt eine niedrige Person sein.

WURZEL. Und doch redt s' hochdeutsch, und hat ihrs kein Mensch glernt. Was ist denn heut für ein Tag?

LORENZ. Freitag.

WURZEL. Da freu ich mich wieder, da ist Fischmarkt, da kommt der Bursch wieder vom Land herein. Und wenn er seine Fisch verkauft hat, ist er nicht zufrieden, da setzt er sich da drüben auf den Stein und hat Maulaffen auch noch feil, schaut immer auf ihr Fenster herüber wie ein Aff – Mit der Wacht laß ich ihn noch wegführen.

LORENZ. Das Sitzen kann man keinen Menschen verbieten.

WURZEL. So laßt ihn sitzen, auf d' Letzt sitzt er doch zwischen zwei Stühl auf der Erde. Aber 's Madel wird mir ganz verwirrt. Ich laß ihr Zeichnen lernen und Sticken, nutzt nichts. Statt daß sie schöne Blumen macht, Vasen und solche Sachen, was zeichnet s'? was stickt sie? lauter Fisch. Zu meinen Namenstag stickt sie mir ein Polster – was ist drauf? ein großmächtiger Backfisch, aber ohne Kopf, – wie ich meinen drauflege, ist der ganze fertig. – Sie muß den reichen Juwelier heiraten.

LORENZ. Warum soll s' denn aber just ein Juwelier heiraten? Sie sind ja so ein steinreicher Mann.

WURZEL. Eben. Damit ich das bleib, darf sie den Burschen nie nehmen.

LORENZ. Ich bin ein gscheider Mensch, aber das versteh ich nicht. So wenig als ich weiß, wo Sie auf einmal das viele Geld hergnommen haben damals, wie mir den Tag drauf die Hütten stehn haben lassen, das Vieh verschenkt, und sein über Hals und Kopf in die Stadt gezogen.

WURZEL. Das werd ich dir jetzt alles erklären, weil ich durch so lange Zeit gfunden hab, daß du ein treuer Kerl bist, der mich nie betrügen wird, *(gutmütig)* nicht wahr, Lenzl?

LORENZ *(heuchlerisch)*. Hören Euer Gnaden auf, oder mir kommen die Tränen in die Augen.

WURZEL. Es war so: Vor zwei Jahren, da geh ich so in der Dämmerung zwischen acht und neun ganz verdrüßlich von meinen Krautacker nach Haus. Auf einmal machts was: Pst! Pst! Ich schau mich um, so sieh ich quer übern Acker einen magern Mann auf mich zueilen, ein gelblicht grünes Gwand an mit goldenen Borten, so, daß ich ihn anfangs hab für einen Leibhusaren von einer Herrschaft ghalten, er aber bitt mich, ich möchte niemand etwas davon sagen, und er wär ein Geist, und durch die Borten wollt er mir andeuten, wie außerordentlich er für mich bordiert wär, kurz, er wär der Neid und wollt mich glücklich machen.

LORENZ. Das ist eine schöne Bekanntschaft.

WURZEL. Nur still. Er sagt, er hätte einen alten Schatz, den er gern los sein möcht, und den wollt er mir schenken, ich müßte aber in die Stadt ziehen und recht aufhauen damit, was ich nur kann, und besonders das Mädel soll ich recht herausstaffieren und solls nur ja nicht zugeben, daß sie den Fischer heirat, soll mich aber nie unterstehen zu sagen, daß ich mein Glück verwünsche, sonst verschwindet alles, und ich müßt betteln gehn. Jetzt möcht ich aber gleich nach Haus gehn, der Schatz wird schon zu Haus sein. Darauf ist er unter die Krauthappeln verschwunden, und ich hab ihn nimmer gesehen.

LORENZ. Nun, und wo war denn der Schatz?

WURZEL. Ich geh nach Haus, such 's ganze Haus aus – find nichts. Endlich kommt mir der Gedanke, schau auf den Treitboden hinauf. Hörst, ist dir der ganze Boden voll, und mit was? Mit lauter Galläpfel. Jetzt gschieht mir recht, denk ich mir, was kann man vom Neid anders erwarten als Gall und Verdruß, komm in Zorn und beiß einen auf. Was ist drinn? Ein Dukaten! Ich nimm noch einen – noch einen – lauter Dukaten! Lenzl, jetzt hättest du die Beißerei sehen sollen. Ich kann sagen, ich hab mir mein Vermögen bitter erworben. Vierzehn Tag nichts als Galläpfel aufbeißen, das wird doch eine hantige[5] Arbeit sein. Mordsakerlot!

LORENZ. Ah, das ist ein Unterhaltung. Nu, jetzt werd ich den Fischer jagen, wenn sich der noch einmal sehen läßt.

WURZEL. Schau aufs Mädel, und wie du was siehst, sagst mirs! *(Trinkt aus einem Fläschgen.)*

LORENZ. Aber müssen Euer Gnaden denn immer naschen?

WURZEL. Still! ich nimm ein zum Gscheidwerden.

LORENZ. Und gibst denn da eine Medizin dafür?

WURZEL. Freilich, ich habe den Doktor so lang sekkiert, bis er mir was geben hat, was mich gscheid macht. Da krieg ich alle Wochen so ein Flaschel voll, das kost vierzig Dukaten, das treibt den Kopf auseinander. Das soll ich nur ein paar Jahr fortnehmen, sagt er, und wenn ich einmal ein paar tausend Dukaten drauf spendiert hab, so wird mir auf einmal ein Licht aufgehen, und da werd ich erst einsehen, wie dumm als ich war.

LORENZ. Ich wünsch Ihnens, es wär die höchste Zeit. Lassen mich Euer Gnaden auch trinken, ich möcht auch recht abgwixt werden.

WURZEL. Das kost zu viel. Ich werd dich schon so einmal recht abwixen, daß du auf eine Weil gwitzigt bist, nachher

5 Bittere.

wirst schon wissen, wieviels gschlagen hat. Ich geh jetzt aus, ich muß mir Sporn kaufen. Und du gehst zum Tandler in die Vorstadt hinaus und laßt die vielen Bücher hereinführen, die ich gestern bei ihm kauft hab, sperrst dann das Zimmer auf, was ich zur Biberlithek bestimmt hab, und schüttest die Bücher ordentlich hinein auf einen Haufen und zahlst ihm s'.

LORENZ. Schon recht!

WURZEL. Und daß er mich nicht betrügt, ordentlich messen, ich hab sie buttenweise gekauft, die Butten um fünfundzwanzig Gulden – keinen Kreuzer gibst mehr. Und wennst unten durchgehst, sagst den Koch, daß die Tafel gut ausfällt, heute Mittag im Gartensaal auf zwanzig Personen, und auf die Letzt soll er ein kleines Faßl Punsch machen. Allez! *(Lorenz ab.)* Ich mag halt reden, von was ich will, ich komm halt immer aufs Essen zurück. Selbst wie ich noch im Wald war, wenns gschneit hat, und ich bin auf dem Feld gstanden, ist mir die ganze Erden vorkommen, als wenn s' ein großer Tisch wär, wo ein weiß Tischtuch drauf ist, und alle Leut auf der Welt zum Essen eingeladen wären.

Arie

Die Menschheit sitzt um billgen Preis
Auf Erd an einer Tafel nur,
Das Leben ist die erste Speis,
Und 's Wirtshaus heißt bei der Natur.
Die Kinder klein noch wie die Puppen,
Die essen anfangs nichts als Suppen,
Und bloß nur wegn dem boeuf à la mode
Schaun d' jungen Leut sich um ein Brot.
Da springt das Glück als Kellner um,
Bringt öfters ganze Flaschen Rum,
Da trinkt man meistens sich ein Rausch
Und jubelt bei der Speisen Tausch.
Auf einmal läßt das Glück uns stecken,

Da kommen statt der Zuspeis Schnecken.
Von Freunden endlich oft verraten,
Riecht man von weitem schon den Braten,
Und bis erst bringen das Konfekt,
Gschiehts oft, daß uns schon nichts mehr schmeckt.
Der Totengräber, ach herrje!
Bringt dann die Tasse schwarz Kaffee
Und wirft die ganze Gsellschaft 'naus.
So endigt sich der Lebensschmaus. *(Geht ab.)*

## Neunter Auftritt

*Lottchen kömmt herein.*

LOTTCHEN. Der Vater ist an mir vorübergepoltert, ohne auf meinen guten Morgen zu hören, er will in lauter glückliche Augen schaun, er geht aus. *(Geht an das Fenster und erschrickt.)* Ach, dort ist Karl! er hat seine Fische schon verkauft. Wer ist denn der fremde Mann, der bei ihm ist? Sie werden doch nicht heraufkommen? Himmel, wenn ihn der Vater sieht! Wie unvorsichtig! Hier sind sie schon.

## Zehnter Auftritt

*Karl. Ajaxerle. Vorige.*

KARL *(im Bauernkleide, stürzt auf Lottchen zu).* Lottchen, liebes, gutes Lottchen! Sprech ich dich endlich einmal!

LOTTCHEN *(ihre Freude zurückhaltend).* Karl! ach mein lieber, lieber Karl!

KARL. Wie? so lange sind wir getrennt, und du empfängst mich so kalt, so herzlos?

LOTTCHEN. Aber Karl, dieser Herr –

KARL. Ah, was liegt uns an den Herrn, das scheint gar eine ehrliche Haut zu sein. Nicht wahr, lieber Freund, Sie nehmens nicht übel?

AJAXERLE *(als schwäbischer Handelsmann, trägt einen Kaput*[6] *mit zinnernen Knöpfen, dreieckigten Hut).* Ah freilich, genieren Sie sich nicht, deswegen sind wir ja da.

KARL. Ja, wenn ich mein Lottchen sehe, da vergesse ich auf die ganze Welt. *(Umarmt sie.)* Ach Lottchen, was wird aus uns werden? Ich hätte mich noch nicht heraufgetraut, wenn du mich nicht durch diesen Herrn hättest rufen lassen.

LOTTCHEN. Durch diesen Herrn?

KARL. Jawohl, dieser Herr kam heute zu mir auf den Markt und sagte, du hättest ihn geschickt, mich zu dir zu führen, wenn dein Vater ausgeht.

LOTTCHEN. Aber Karl, was ist denn das, ich kenne ja diesen Herrn gar nicht?

KARL. Wie?

AJAXERLE. Ja, wissen Sie, warum Sie mich nicht kennt? Sie hat mich noch nie gsehen.

KARL. Herr, wie können Sie sich unterstehn, mit uns Spaß zu machen?

AJAXERLE. Ich will mir aber ein Spaß machen, ich will euch glücklich machen. Ihr Tausendsappermenter! Schlagts ein, verlaßt euch auf mich, ich bin ein ehrlichs Büble. Ich darf euch noch nicht sagen, was ich bin, aber unter uns gesagt – ich bin was. Erstens bin ich ein Schwabe, und dann bin ich noch was, und wenn binne zwei Tagen nicht Hochzeit wird, so könnts mir was antun. Verlaßts euch nur auf mich, ich werd den Bauer schon herumkriege, und sagt er nein – so ist bis heute abend doch die ganze Pastete in Ordnung. *(Zu Karl.)* Gehen Sie nur getrost nach Haus und warte Sie auf mich in Ihrer Hütte.

LOTTCHEN *(springt vor Freude).* Ists möglich? Ach Karl, wir wollen ihm vertrauen –

WURZEL *(von innen).* Aufdecken lassen!

LOTTCHEN. Himmel! Der Vater kömmt zurück! Ach, wenn er dich sieht, so ist alles verloren.

6 Langer Überrock.

KARL. Leb wohl, ich entspringe. *(Will abgehen.)*

LOTTCHEN. Du läufst ihm ja entgegen. Ich will sehen, ob er nach dem Garten geht, dann schnell hinab, sonst sind wir verloren. *(Eilt schnell ab.)*

AJAXERLE *(ihr nachrufend).* Fürchte Sie sich nicht! Bleibe Sie da!

KARL. Verdammte Geschichte, der Alte kommt herauf.

AJAXERLE. Das macht nichts, er wird uns nicht beiße. Aber weil ich das Ding gar fein anstelle will, so schlupfe Sie derweile in den Kasten hinein.

KARL *(probiert am Kasten).* Er ist verschlossen!

AJAXERLE. Warte Sie, er wird gleich offen sein! Ich hab ja mein Werkzeugle bei mir. *(Er zieht schnell einen Zauberkreis, ein kleines Buch und ein kurzes Stäbchen aus der Tasche, stellt sich in den Kreis und schnattert die Worte.)* Pitschili! Putschili! Frisili! sauf. Kästerle! Kasterle! tu dich doch auf! *(Schlägt mit dem Stab auf das Buch. Der Kasten springt auf und verwandelt sich dadurch in eine transparente Laube mit einem Rasensitz. Karl springt erstaunt hinein, die Flügel schließen sich, und der Kasten steht wieder wie vor da. Ajaxerle steckt seine Zauberrequisiten ein.)*

LOTTCHEN *(stürzt herein).* Es ist umsonst, er folgt mir auf dem Fuß! Wo ist Karl?

AJAXERLE *(deutet auf den Kasten).* Den hab ich aufghoben, im Kasten da drin.

LOTTCHEN. Unter der alten Wäsche?

AJAXERLE. Ja wohl, bei die alten Strümpf, damit doch ein neuer auch dabei ist.

LOTTCHEN. Still, der Vater kommt.

## Elfter Auftritt

*Wurzel. Vorige.*

WURZEL. Nun, was ist denn für ein Gejage über die Stiegen? *(Sieht Ajaxerle.)* Was ist das für eine Figur? Wer hat denn das Gsicht hereingelassen? Nu, was gibts? Sind wir was? Wollen Sie was? mit Ihrer dreieckigten Physiognomie?

AJAXERLE. Könnt ich nicht die Ehre haben, mit Ihnen zu sprechen?

WURZEL. Nun, die Ehr hat Er ja schon. Nur heraus mit der Katz aus dem Sack.

AJAXERLE. Sie werden mich wahrscheinlich schon kenne?

WURZEL. Ich? woher denn?

AJAXERLE. Ich bin der Martin Haugerle und bin Schneckenhändler aus dem Reich.

WURZEL. Und wegen den soll ich Ihn kennen? Vielleicht weil Er so schlampicht ist wie ein Schneck? Hinaus mit Ihm, oder Er wird mich kennenlernen.

AJAXERLE. Oh, ich habs schon ghört, Sie sind ein Tiger, mir hats mein Vetter gschrieben, der arme Fischerkarl, daß Sie so unbarmherzig mit ihm umgehen, und darum bin ich herabgereist.

WURZEL. Auf der Schneckenpost?

AJAXERLE. Und will für ihn um das Mädle anhalte. Sie haben ihm vor drei Jahren Ihr Ehrenwort gegeben, und das müssen Sie halten.

WURZEL. Was sind das für Keckheiten? Ich werd unsinnig. Erstlich untersteht Er sich, dem Taugenichts sein miserablicher Vetter zu sein, und zweitens wagt Ers und halt um meine Tochter an, für den liederlichen Fischer?

AJAXERLE. Schimpfe Sie nicht, er ist ein bravs Männle, und ein Bürschle wie die gute Stund.

LOTTCHEN. Ach ja Vater, er trübt kein Wasser.

WURZEL. Ein Fischer – und trübt kein Wasser? und pritschelt den ganzen Tag darin herum. *(Streng zu Lottchen.)* Du schweigst! und wenn du dich nicht in meinen Willen fügst und immer vom Wald phantasierst, du melancholische Wildanten, und mir noch einmal dein Bauerngwand heimlich anziehst, was dadrin in einem Pünkel versteckt hast, und nichts als Fisch und Wasser im Kopf hast, so gib acht, wie ich dich durchwassern werde, einen Wolkenbruch laß ich auf deinen Buckel niedergehen, wannst nicht den alten Millioneur heuratst.

LOTTCHEN. Ach, was bin ich für eine arme Närrin!

WURZEL. Just, wenn man eine arme Närrin ist, muß man suchen, auch Millioneurin zu werden, so verzeihen einem doch die Leut die Narrheit leichter. Ein Fischer heiraten wollen – dieses unsichere Metier, bis er einen Fisch fangt, kommen ihm hundert aus. Da heirat lieber einen von den seinen Schnecken, so kriegst doch einen Hausherrn.

LOTTCHEN. Vater, bringen Sie mich nicht auf das äußerste. Hören Sie meinen Schwur: Ich verachte alle Reichtümer Ihrer Stadt und werde nie, nie von meinem armen Karl lassen.

*(Es donnert sehr stark.)*

AJAXERLE. Haben Sie ghört, den Pumperer?

WURZEL. War das ein Donner? desto besser, vielleicht schlagt der Donner drein, so darf ichs nicht tun. *(Zu Lottchen.)* Du willst also nicht von den Fischer lassen?

AJAXERLE. Nein, und recht hat s'! wissen Sie das? Und wenn Sie ihr den Burschen nicht geben, so wirds Ihnen reuen, so viel Haarle Haar Sie auf Ihren Strobelkopf haben, auf Ihren bockbeinigen.

WURZEL. Nun gut, so hören Sie denn auch meinen Schwur, Sie Vorsteher der würdigen Schneckenzunft. *(In diesem Augenblick kommt hinter Wurzel ein kleiner Satyr mit Pferdefüßen, auf einer abgebrochenen Säule sitzend, aus der Versenkung. Er hat eine schwarze Tafel und schreibt Wurzels Schwur darauf.)* Nicht eh darf diese Verbindung vollzogen werden, bis aus dem Blut, das wie geschmolznes Eisen glüht, ein Himbeergefrornes wird – bis diese kräftgen Zwillingsbrüder, meine Fäust, so kraftlos sind, daß ich nicht einmal einen Kapauner mehr transchieren kann – bis dieses kienrußschwarze Haupt sich in einen Gletscher verwandelt – kurz, bis ich so ausschau, daß ich auf den Aschenmarkt hinaus ghör! – Dann fragen Sie sich wieder an, mein lieber Schneckensensal, dann halt ich Ihren Fischer mein Wort.

AJAXERLE *(rasch)*. Schlage Sie ein, es gilt! *(Hält die Hand hin.)*

WURZEL *(schlägt ein)*. So wahr ich auf der Welt bin, und jetzt – *(stark)* Punktum!

SATYR *(mit kräftiger Schadenfreude)*. Satis! *(Er hat bei den Worten Wurzels: »So wahr ich auf der Welt bin« geendet. Schlägt bei dem Wort: »Satis« mit der flachen Hand auf die Tafel, macht dann schnell eine drohende Bewegung hinter Wurzel und versinkt wieder.)*

AJAXERLE. So, und jetzt lebe Sie wohl, Sie Herr von Wurzle. Vergesse Sie nicht auf Ihren Schwur, malträtiere Sie nur das arme Mädle da, verachte Sie den ehrlichen Bauernstand, halte Sie sich an Ihre Saufbrüderle. Aber weh Ihnen, wenn Sie den Schneckenhändler aus den Reich wieder einmal zu Gesicht kriege werde. Verstehe Sie mich? Weh Ihne! das merke Sie sich wohl, Sie Hasenfuß. *(Läuft ab.)*

WURZEL *(ergreift im Zorn einen Stuhl und eilt ihm nach)*. Wart, du schwäbische Krautstauden! *(Ab.)*

## Zwölfter Auftritt

*Lottchen. Karl im Kasten.*

LOTTCHEN *(die Hände ringend)*. Ach, was muß ich erleben!

KARL *(pocht heftig im Kasten)*. Auf, Lottchen! Auf!

LOTTCHEN. Bleib ruhig, ich bitte dich, um alles in der Welt!

KARL *(sprengt den Kasten)*. Nein, ich kann nicht länger bleiben, es schlägt in mir wie der Eisenhammer unseres Gebürgs. Seinen ehrlichen Namen so herabgesetzt zu hören von diesen Faulenzer und ruhig bleiben! Leb wohl, Lottchen, du siehst mich nie mehr. *(Will fort.)*

LOTTCHEN. Karl, wenn du mich liebst, so gehst du jetzt nicht durch diese Tür.

KARL. So spring ich durch das Fenster.

LOTTCHEN. Am hellen Tag?

KARL. Ich bleib nicht länger hier, du siehst mich reich oder nie wieder! *(Er steigt zum Fenster hinaus.)*

LOTTCHEN. Karl, wenn du fällst – halt dich an das Gitter. *(Es geschieht ein plötzliches Gekrache, ein Schrei und zugleich ein Fall. Dann Geschrei von mehrern Stimmen.)*

LOTTCHEN *(sehr stark aufschreiend)*. Himmel! was ist das? *(Eilt sehr schnell zur Tür hinaus.)*

## Dreizehnter Auftritt

*Sehr schnelle Verwandlung in einen großen schönen Platz der Stadt. Links Wurzels prächtiges Haus mit Schalougittern, wovon eines durch Karls Fall herabgerissen ist und nebst einem Stück Gesimse, welches er herabgetreten, an seiner Seite liegt, aber sogleich von einem Zuschauer aufgehoben wird, der es den noch dazu Kommenden zeigt.*

*Karl liegt auf der Erde, und Wurzel hält ihn an der Brust. Zuschauer vollenden das Tableau.*

*Der Lärm, welchen man im Zimmer unter der Verwandlung schon hörte, dauert nach derselben einen Augenblick noch fort.*

WURZEL. Um die Wache fort! der Bursch ist ein Räuber. *(Zwei Bediente laufen ab.)* Er ist in mein Haus eingebrochen. Ich massakrier ihn. Fallt mir der Kerl auf den Kopf.

KARL *(hat sich aufgerafft und packt Wurzel)*. Spitzbube! willst du mir meinen guten Namen wiedergeben?

LOTTCHEN *(stürzt aus dem Hause und ruft)*. Himmel! Karl, was tust du – mein Vater.

KARL *(im höchsten Zorn)*. Wart, Schuft! du sollst den Bauer kennenlernen. *(Eilt ab.)*

ALLES *(ruft).* Halts ihn auf! *(Einige eilen ihm nach.)*

LOTTCHEN *(stürzt in Verzweiflung zu Wurzels Füßen).* Vater! was haben Sie getan?

WURZEL *(schleudert sie vom Tor weg).* Fort! Satan! *(Er läuft schnell ins Haus und schlägt das Tor hinter sich zu.)*

LOTTCHEN *(eilt ihm nach und will hinein).* Er hat das Tor abgeschlossen, wie wird das enden? Vater! Vater! Verzeihung! Hören Sie mich!

WURZEL *(erscheint am Fenster mit dem Bünkel, in welchem sich Lottchens Bauernkleider befinden, außen ist der Strohhut aufgebunden).* Du bist nicht mein Kind, du bist eine angenommene Kreatur! Hinaus mit dir in den Wald, zu deinen Gespielinnen, zu die Wildgäns, wo ich dich gfunden hab, du Waldschnepf, *(wirft ihr die Kleider hinab)* in mein Haus kommst du nimmermehr! *(Schlägt das Fenster zu.)*

LOTTCHEN *(weint).* Ich unglückliches Kind! *(Zu einem Schlosser.)* Ach mein Herr, nehmen Sie sich doch an um mich.

SCHLOSSER *(recht derb).* Ja, da muß man halt gut tun, mein Schatz, wenn man von ander Leut Gnaden lebt. Was soll denn unsereiner sagen, der sich vor Kummer nicht aus weiß? da heißts fleißig sein! *(Im nämlichen Ton fort zu einem vorübergehenden Tischlergesellen.)* Franzl, wo gehst denn hin?

TISCHLER *(schon an der Kulisse).* Ins Wirtshaus! *(Geht hinein.)*

SCHLOSSER *(ruft ihm nach).* Wart, ich geh auch mit, leih mir zwei Gulden. *(Geht ihm nach.)*

*(Alle Zuschauer lachen und verlieren sich.)*

LOTTCHEN *(allein).* Also so weit ist es mit mir gekommen? Gibt es denn kein Wesen, das Erbarmen mit mir hat? O daß die Nacht niedersinken möchte, um mich und meine Schande zu verhüllen.

*(Dumpfer Donner. Musik. Graue Wolkenschleier senken sich langsam über die ganze Bühne herab. Dann sinkt die*

*Nacht personifiziert nieder. Eine kolossal gemalte Figur, welche an Breite den größten Teil der Mitte des Theaters einnimmt. Sie ist in graues faltiges Gewand gehüllt, mit ausgestreckten Armen, einen schwarzen Mantel ausbreitend. Bleiches Angesicht und geschlossene Augen. Auf dem Haupte eine schwarze Krone, in der rechten Hand einen eisernen Zepter, dessen Knopf ein Mohnkopf bildet. Mit der Linken gebietet sie Schweigen. Sie schwebt ernst und feierlich herab und sinkt in das geöffnete Podium. Die Nebel vergehen und lassen die vorige Straße im Mondenglanz zurück. Die Luft ist rein und mit transparenten Sternen besäet, auch die Mondessichel ist transparent auf der Hinterkortine sichtbar.*

*Während diesem singen die Geister der Nacht folgenden Chor in der Kulisse.)*

CHOR. In dem finstern Reich der Klüfte,
Die dem Glanz zum Hohn erbaut,
Herrscht die Königin der Grüfte,
Sie des Lichts verstoßne Braut.
Nur wenn durch der Unschuld Rufen
Sich ihr düstrer Busen hebt,
Kommts, daß über Tagesstufen
Sie zu ihrer Rettung schwebt.

*(Auf dem vordern Fluggang schwebt ein Genius nieder mit einem glänzenden Brillantstern auf dem Haupte, er ergreift Lottchens Hand und führt sie während dieses Chores ab, welcher gleich aus dem ersten übergeht.)*

CHOR. Darum folge ihren Sternen,
Sie erglänzen dir allein,
Führen dich in weiten Fernen
In das Tal der Ruhe ein.

*(Der Genius führt sie fort. – Der Sturm heult, schreckliches Gewitter tritt ein, die Sterne verlöschen, der Mond wird rot.*

*Unter folgendem Chor kommen zwölf Geister der Nacht in grauem Flor, das Haupt mit Schleier verhüllt, das Antlitz bleich, jeder einen transparenten Stern auf dem Haupte, sie laufen auf der Bühne durcheinander und gruppieren sich endlich nach der Breite des Theaters gegen Wurzels Haus in drohender Stellung. Ober ihnen fällt, so breit als die Bühne ist, ein Chaos von Wolken ein, in welchen grau gemalte Geister den andern ähnlich schweben und sich so verschlingen, daß die Sterne auf ihren Häuptern die transparenten Worte bilden:*

Entflieh nur der Pracht,
Dich rächet die Nacht.

*Währenddessen folgender Chor.)*

CHOR. Doch ihn zu verderben,
Der Lust zu enterben,
Verschwört sich die Nacht,
Ergreifet die Freude,
Stürzt sie als Beute
In grundlosen Schacht.

*(Wenn die transparenten Worte erscheinen, singt der Chor die folgenden Worte und läßt sie schauerlich verklingen.)*

CHOR. Entflieh nur der Pracht,
Dich rächet die Nacht.

*(Auf Wurzels Fenster fliegt eine Nachteule mit glühenden Augen und schlägt mit den Flügeln an die Glasscheibe. – Die Kortine fällt schnell.)*

## Zweiter Aufzug

### Erster Auftritt

*Die Dekoration stellt nur zwei Kulissen tief ein angenehmes Tal vor, in welchem sich die Natur einfach und kräftig ausspricht. Links eine praktikable Hütte, auf deren Strohdach Tauben nisten. Die Hütte ist von einem kleinen Gärtchen umgeben, in welchem sich einige Lilien, aber keine bunten Blumen befinden. Die Kortine stellt hohes Gebirge vor. Die Hälfte dieser Hinterwand nimmt ein breiter, in den Vordergrund tretender Blumenberg mit vielen sich verschieden krümmenden Wegen ein, auf denen sich dort und da wie in einem Garten silberne Statuen befinden und Rosenbrücken angebracht sind. Auf der andern Hälfte dieser Hinterwand sind in weiterer Entfernung zwei ausgezeichnete Alpen zu sehen. Die niederere erglänzt silberartig und ist mit goldenem Gesträuch bewachsen. Auf ihrem Gipfel erblickt man die Statue des Reichtums mit einem goldenen Füllhorn. Die noch höhere Alpe ist steil, mit Lorbeerbäumen bewachsen, auf ihrer Spitze steht der goldene Tempel des Ruhmes, aus welchem eine Sonne strahlt, die den ganzen Horizont um das Haupt des Berges rötet. Zwischen diesen Gebirgen und dem Tal liegt ein dichter Wald, durch welchen sich ein steiler einsamer Weg in das Tal abwärts windet.*

*Unter passender Musik kömmt Illi, ein Genius, als Klepperpostillon angezogen, mit dem Klapperbrettlein lärmend durch die Luft auf einem großen Stieglitz geflogen, welcher ein Paket Briefe im Schnabel hält. Er steigt ab, nimmt einen Brief aus dem Paket und klappert vor der Hütte.*

ILLI. He, die Klepperlpost ist da, aufgemacht! *(Das Fenster in der Hütte öffnet sich. Illi spricht zum Fenster hinein.)* Ein Brief aus Wolkenhain vom Geisterscheckel mit Rezepiß[7].

7 Rezepisse, Empfangsbescheinigung.

Gleich unterschreiben. *(Gibt den Brief hinein. Nach einer Pause, während er ein paarmal ungeduldig auf und abtrippelt.)* Ein bißl gschwind, ich muß wieder weiter! *(Eine Hand gibt das Rezepiß zurück.)* So. Was? Nichts franco! Acht gute Kreuzer. *(Die Hand gibt ihm das Geld.)* So. *(Sieht das Geld an.)* Keinen Pfennig gibt s' mehr als acht Kreuzer und kein neues Jahr auch nicht. Wann ich nur da keinen Brief herbringen durft, das ist schon mein größter Zorn. *(Indem er sich aufsetzt.)* Gar so eine Schmutzerei! *(Den Stieglitz schlagend.)* Na weiter, wirst fliegen oder nicht? *(Der Stieglitz fliegt ohne Musik ab, und unter dem Fliegen räsoniert Illi noch immer fort.)* Pfui Teuxel, da wollen s' Geister sein, ja – Bettelleut Umkehr! *(Ab.)*

## Zweiter Auftritt

*Sanfte Musik.*

*Lottchen tritt auf, ihren Strohhut anhängend.*

LOTTCHEN. Wo befinde ich mich? Welch ein angenehmes Tal! Gehör ich schon den Geistern an? Am Eingange des Waldes nahm mein freundlicher Führer von mir Abschied und sprach: Weiter darf ich dich nicht geleiten, doch folge deinem Herzen, und du wirst mich nicht vermissen. Ich ging und ging, und unwillkürlich hat es mich hieher gezogen. Dieses schöne Gärtchen, diese Hütte, wie wird mir so sonderbar bei ihrem Anblicke! Warum wird es auf einmal so stille, so ruhig in meiner Brust? Wer bewohnt sie? *(Über der Tür erscheinen schnell die transparenten Worte: Die Zufriedenheit. In diesem Augenblicke ertönt ein sehr schmelzendes Adagio von einigen Takten.)* Die Zufriedenheit? Der Vater sagte ja, die wohne nur in der Stadt? wie kommt sie hieher? Ich weiß es schon, sie wird in der Stadt erkrankt sein und gebraucht jetzt die Landluft. Ich will anklopfen und sie um Beistand bitten, vielleicht braucht sie ein Dienstmädchen, sie wird wohl eine vornehme Frau sein. *(Klopft an.)* Euer Gnaden, ein armes Mädchen möchte gern die Ehre haben –

## Dritter Auftritt

*Die Zufriedenheit. Lottchen.*

ZUFRIEDENHEIT *(mit innerer Ruhe und heiterem Gemüte. Ihr Anzug ist griechisch, eine einfache graue Toga, unbedecktes Haupt. Sie tritt aus der Tür, einen Brief in der Hand).* Was verlangst du von mir, mein Kind?

LOTTCHEN *(erstaunt).* Wer ist denn das?

ZUFRIEDENHEIT. Nur näher, ich bin die Dame, die du suchst.

LOTTCHEN. Wirklich? Sie sind eine recht liebe Person, aber für eine Dame hätt ich Sie nicht gehalten.

ZUFRIEDENHEIT. Nicht? Und doch bin ich noch mehr, ich bin die Königin dieses Tales, und von meiner Stirne strahlt das Diadem der Heiterkeit –

LOTTCHEN *(fällt ängstlich auf die Knie).* Ach, so verzeihen mir Euer Hoheit, aber da wär ich in meinem Leben nicht darauf gekommen.

ZUFRIEDENHEIT. Steh auf! Du bist mir in diesem Brief, den ich vor kurzem erhielt, von mächtigen Geistern schon angekündet, und ich will dich in meine Dienste nehmen. Du hast wenig Geschäfte. Das Aufbetten wirst du ersparen, denn ich schlafe auf einem Stein. Küche und Keller werden dir wenig Mühe verursachen, denn mich nähren die Früchte des Bewußtseins, mich tränket die Quelle der Bescheidenheit.

LOTTCHEN. Ach, ich bin ja mit allem zufrieden!

ZUFRIEDENHEIT. Hast du denn meine Hütte so leicht gefunden?

LOTTCHEN. Ach ja, das ist ja nicht schwer.

ZUFRIEDENHEIT. Glaubst du? Viele Tausende wandern nach mir aus und finden mich nicht, denn der dürre Pfad, der zu mir führt, scheint ihnen nie der rechte zu sein. Siehst du dort oben die bunten Auen, wo des Glückes Blumen farbig winken? *(Deutet auf den Blumenberg.)* Dort wollen sie mich finden, und je reizender der Pfad sie aufwärts lockt, desto tiefer entschwindet meine niedre Hütte aus ihrem getäuschten Auge. Denn wer mich ängstlich sucht, der hat mich schon verloren.

LOTTCHEN. Aber auf jenen hohen Bergen muß doch eine schöne Aussicht sein?

ZUFRIEDENHEIT. Nicht für dich, mein Kind. Du gehörst ins Tal. Siehst du dort den hohen flimmernden Berg? Das ist die Alpe des Reichtums, und ihm gegenüber sein noch glänzenderer Nebenbuhler, der Großglockner des Ruhmes! Das sind schöne Berge, doch sende deine Wünsche nie hinauf, stark und erhebend ist die Luft auf ihren Höhen, aber auch der Sturmwind des Neides umsaust ihre Gipfel, und kann er die Flamme deines Glückes nicht löschen, so löscht er doch den schönen Funken des Vertrauens in deiner Brust auf immer aus.

LOTTCHEN. Das versteh ich nicht.

ZUFRIEDENHEIT. Darin bestehet ja dein Glück, weil du mich nicht verstehst, bist du mit mir verwandt.

LOTTCHEN. Verwandt? Und doch haben sich Euer Hoheit nie um mich bekümmert?

ZUFRIEDENHEIT. Glaube das nicht, ich habe dich mir ja erzogen und will nun deine Freundin sein. Der Mann, der heute dich verstieß, ist nicht dein Vater, sonst hätt er es nie getan. Doch eine Mutter hast du noch, die dich innig liebt und die du bald umarmen wirst. Bis dahin reiche mir deine Hand und nenne mich Schwester.

LOTTCHEN. Recht gerne! Ach, was ist das Schönes, wenn man eine Schwester hat. Aber da muß ich hernach auch du zu Euer Hoheit sagen und bin so viel als Euer Hoheit selbst?

ZUFRIEDENHEIT. Allerdings! Du sitzest neben mir auf meinem moosbewachsenen Thron, und über uns spannt sich der schönste Baldachin, der heitre Himmel aus.

LOTTCHEN. Ach du liebe Schwester, wie soll ich dir danken?

ZUFRIEDENHEIT. Bleibe, wie du bist, und du hast den Lohn schon abgetragen.

LOTTCHEN *(freudig)*. Ach ja, wie ich bin – doch – nun ja – wie ich bin, nicht wahr?

ZUFRIEDENHEIT. Nun ja.

LOTTCHEN. Da muß ich aber auch ledig bleiben?

ZUFRIEDENHEIT *(lächelnd)*. Ja so! Und du hast den schönen Wunsch zu heiraten?

LOTTCHEN. Ja freilich. Doch sei nicht böse, liebe Schwester, seit ich bei dir bin, wünsche ich mir fast gar nichts mehr. Aber wenn ich an meinen Karl denke, kann ich doch mit dem Wünschen noch nicht recht fertig werden.

ZUFRIEDENHEIT. Das sollst du auch nicht, liebes Lottchen! Tröste dich, ich werde dich mit deinem Karl vereinen. Er verdienet dich, ich kenne ihn genau.

LOTTCHEN. Du kennst ihn? Ist er vielleicht auch mit dir verwandt?

ZUFRIEDENHEIT. Er war es. Ich war stets um ihn, wie noch der muntere Hirsch das Sinnbild seiner kräftgen Freude war, und nur du hast uns entzweit, du hast ihn mir entrissen.

LOTTCHEN. Das ist mir unbegreiflich.

ZUFRIEDENHEIT. Komm! Du wirst deinen Karl heute noch erhalten. Er soll uns beide wiederfinden, dich und mich durch dich. Und hab ich euch vereint, geb ich auch meinem Herzen dann ein Fest, durchziehe froh die Welt, und wo ich einen Armen finde, der krank liegt am Verlust der Freude, will ich schnell die Hand ihm reichen und sie überströmen lassen aus meinem Herzen in das seinige! Vielleicht gelingt es mir, ein Bündnis mit der Welt zu schließen, die ich so innig liebe und die so hart mich von sich stoßt. *(Geht mit ihr in die Hütte.)*

## Vierter Auftritt

### Verwandlung

*Saal mit Lustern und Wandleuchtern. Punschtableau. Beim Aufziehen der Kortine ein rauschender Tusch von allen Instrumenten. An der rechten Seite eine hohe Glastür, gegenüber die Eingangstür.*

*Wurzel. Afterling. Musensohn. Schmeichelfeld.*

ALLE *(übermütig schreiend).* Der Hausherr soll leben! hoch – *(Ein paar werfen die Gläser an die Wand.)*

WURZEL. Schlagts nicht so viel Gläser zusamm, ich bin ja kein Glasfabrikant –

SCHMEICHELFELD *(etwas angestochen).* Ah was da, man hört so keine Uhr, wenn einmal die Gläser fliegen, so weiß man doch, wieviels gschlagen hat.

MUSENSOHN. Aber jetzt ists aus, meine Herren, es ist fünf Uhr, und ich muß heute abend noch geschwind den letzten Akt von meinem Trauerspiel schreiben.

SCHMEICHELFELD. Was Trauerspiel? Lustig wollen wir von unserm teuern Herrn von Wurzel scheiden, dem aimabelsten Mann in der ganzen Stadt. Singen wollen wir, und dazu machen Sie uns Verse, wenn Sie ein Dichter sein wollen.

MUSENSOHN. Schön! Wir wollen die Freundschaft besingen.

AFTERLING *(der einen starken Rausch hat).* Ja singen, schön singen wollen wir, und hernach kerzengerade nach Haus. *(Er taumelt. Alle lachen.)*

WURZEL. Der hat ihn heute.

AFTERLING. Lachen? Ihr Spitzbuben! – Seid nichts nütze – alle sind nichts nutz – Herr von Wurzel, alle, bis auf den *(auf den Dichter zeigend)* – und der ist auch nichts nutz. Aber Sie, Herr von Wurzel, sind ein großer Mann. Aber sind Sie aufrichtig, Herr von Wurzel! *(Beschwörend.)* Herr von Wurzel, sind Sie aufrichtig! – Haben Sie – keinen Punsch mehr?

WURZEL. Nun so gebt ihm noch ein Glas, so fallt er gar hinunter untern Tisch.

AFTERLING. Herr von Wurzel! *(Fällt ihm um den Hals.)* Sie sind unser Vater, und wie Sie sich heute auf mich stützen können, so können Sie sich auf uns alle stützen. Punsch her – Punsch! Der Herr von Wurzel soll leben! *(Er taumelt gegen die Tür und fällt vor Rausch in einen Stuhl.)*

WURZEL. Nu, der hats überstanden. Habakuk! *(Habakuk tritt vor.)* Führts ihn hinüber ins rauschige Zimmer und legts ihn in das Bett, was ich hab herrichten lassen, wenn einem von meinen guten Freunden übel wird.

HABAKUK. Ja es liegen a so schon drei drinn und einer vor der Tür, man kann gar nimmer hinein.

WURZEL. So legts ihn ins blaue Zimmer hinüber, wo der große Spiegel ist und 's Porzelain. Aber bindts ihn an, sonst schlagt er uns alles zsamm.

HABAKUK *(und zwei Bediente tragen Afterling fort).* Nu, das sind schöne Herrschaften!

MUSENSOHN *(hat bei einem Tisch mit Bleistift geschrieben und springt auf).* Fertig sind die Verse. Jetzt, meine Herrn, stimmen Sie.

ALLE. Bravo! Bravo!

MUSENSOHN. Die Phantasie hat mich begeistert. Herr von Wurzel! *(schlägt ihn auf die Achsel)* wollen Sie ihre Stimme hören?

WURZEL. Lassen Sie sie los!

Trinklied

MUSENSOHN *(singt vor).*

Freunde, hört die weise Lehre,
Die zu euch Erfahrung spricht.
Schickt die Freude ihre Heere,
Öffnet alle Tore nicht:

Mann für Mann laßt nur herein,
Wollt ihr lang ihr Feldherr sein.
CHOR. Mann für Mann laßt nur herein,
Wollt ihr lang ihr Feldherr sein.

MUSENSOHN. Wenn des Lebens Bajadere
Hält den goldnen Wagen still
Und für ihres Glücks Schimäre
Euren Frieden tauschen will:
Jagt die feile Dirne fort,
Denn Fortuna hält nicht Wort.
CHOR. Jagt die feile Dirne fort,
Denn Fortuna hält nicht Wort.

MUSENSOHN. Doch wenn voll der Becher blinket,
Bacchus' Geist den Saal durchrauscht,
Euch die Freundschaft zu sich winket
Und Gefühle mit euch tauscht:
Drückt sie beide an die Brust,
Sie gewähren Götterlust!
CHOR. Drückt sie beide an die Brust,
Sie gewähren Götterlust!
*(Alle ab.)*

## Fünfter Auftritt

*Wurzel. Lorenz. Habakuk.*

*Bediente räumen die Tische hinaus.*

WURZEL. Das war ein prächtiges Mittagmahl heut. Ich bin so gut aufgelegt, heut Nacht leg ich mich wieder nicht schlafen. Habakuk, bring einen Champagner herauf. *(Habakuk ab.)* Lorenz, jetzt trinken wir erst recht.

LORENZ. Allo! das ist ein Leben! Juhe!

WURZEL. Stoß an, Lorenz! Alle Rauschigen sollen leben –

LORENZ. Hoch!

*(Donnerschlag. Stille. Die Glocke schlägt zwölf.)*

WURZEL. Was ist denn das? Zwölf Uhr? Hat denn die Uhr einen Rausch? Es ist ja erst sechs Uhr und der schönste Abend. Schauts auf die Uhr.

*(Alle sehen auf die Uhren, er selbst auch.)*

LORENZ. Was ist denn das? Es geht ja keine.

WURZEL. Bei mir ists zwölf Uhr.

ALLE BEDIENTEN. Bei mir auch.

WURZEL. Ich glaube gar, ihr macht euch einen Spaß mit mir? Redet! *(Man hört an der Tür stark pochen.)* Was ist denn das? Schau hinaus! *(Es pocht stärker.)* Mir scheint, der schickt die Grobheit voraus, daß sie statt ihm anklopfen soll. *(Lorenz geht hinaus.)* Jetzt weiß ich nicht, bin ich im Narrenturm oder zu Haus?

LORENZ *(kommt zurück)*. Euer Gnaden! ein junger Herr ist gfahren kommen in ein goldenen Wagen, der voller Blumen ist, und zwei Rappen vorn, die er kaum erhalten kann, und hintern Wagen tanzen lauter Pagen und rosenfarbe Kammerjungfern her. Er will mit Ihnen reden.

WURZEL. Wie heißt er denn?

LORENZ. Das weiß ich nicht, er sagt, er ist die Jugend.

WURZEL. Ah, ein Jugendfreund wird er gsagt haben. Gleich laßt ihn herein. Das ist a prächtige Visitt. Champagner tragts rauf, ihr verdammten Kerls! Ich bin doch ein glücklicher Mann, die schönsten Leut kommen zu mir.

*(Lorenz öffnet die Tür.)*

## Sechster Auftritt

*Sechs Pagen und sechs Mädchen weiß gekleidet mit rosenroten Spensern, welche samt den Hüten mit blühenden Rosen verziert sind, tanzen herein und gruppieren sich auf beiden Seiten der Tür. Dann hüpft die Jugend herein, eine weiß kasimirne kurze Hose, weiß atlaßne Weste mit silbernen Knöpfchen, am*

*Kragen mit Rosen garniert. Rosenrotes Fräckchen. Weiß atlaßnen runden Hut mit einem Rosenband. Das Beinkleid am Knie mit silbernen Knöpfen und rosenroten Bändern gebunden. Sie spricht im hochdeutschen Dialekte mit einem Anklange des preußischen.*

*Vorige.*

JUGEND. Grüß dich der Himmel, Brüderchen! Du nimmst es doch nicht übel, daß ich dir meine persönliche Aufwartung mache?

WURZEL. Das ist ein prächtiger Mensch! hundsjung und geißnarrisch! Hat mich noch nie gsehen, und gleich Brüderl.

JUGEND. Ja Bruder, ich komme in einer besonderen Angelegenheit!

WURZEL. Nun Bruder, mit was kann ich dienen? *(Für sich.)* Der braucht gwiß ein Geld.

JUGEND. Ja – nimm es nicht übel, Brüderchen, aber mit uns ists aus. Ich bin hier, um dir meine Freundschaft aufzukünden.

WURZEL. Nun, das wär nicht übel, Bruder, jetzt lernen wir uns erst kennen, Bruder, und sollen schon wieder bös aufeinander sein, Bruder, das wär gfehlt.

JUGEND. Haha! Was fällt dir ein, Brüderchen? Fehlgeschossen, das endigt ja eben unsere Freundschaft, weil wir schon gar zu lange miteinander bekannt sind. Wir sind ja schon zusammen auf die Welt gekommen, weißt du denn das nicht mehr?

WURZEL. Ja, ja, ich erinnere mich schon, nachmittag wars, und gregnet hats auch.

JUGEND. Wir sind auch miteinander in die Schule gegangen. Weißt du denn das auch nicht, wir sind ja auf einer Bank gesessen.

WURZEL. Ist richtig! Auf der Schandbank sind wir gesessen. *(Für sich.)* Ich kenn ihn gar nicht.

JUGEND. Ja freilich! Sie haben uns ja dadurch zwingen wollen, daß wir etwas lernen sollen.

WURZEL. Nun ja, was das für Sachen waren, aber wir haben nichts dergleichen getan. Oh, wir waren ein Paar feine Kerls! *(Für sich.)* Ich hab ihn mein Leben nicht gsehen noch.

JUGEND. Und wie wir beide zwanzig Jahr alt waren, haben wir die ganze Gemeinde geprügelt. Oh, das war ja prächtig, Brüderchen!

WURZEL. Oh, das war ein Hauptjux! *(Für sich.)* Ich weiß kein Wort davon.

JUGEND. Und getrunken haben wir, Bruder, das war mörderisch.

WURZEL. Oh, das war schändlich, Bruder!

JUGEND. Ja, und was wir alles getrunken haben!

WURZEL. Nu, einmal haben wir, glaub ich, gar einen Wein getrunken, das Verbrechen!

JUGEND. Ja, und was für einen!

WURZEL. Einen Luttenberger.

JUGEND. Und einen Grinzinger!

WURZEL *(für sich)*. Ist alles nicht wahr.

JUGEND. Du hast mich ja in alle Wirtshäuser herumgeschleppt, wir waren ja alle Tage sternhagelvoll besoffen. Kurz, wir waren ein Paar wahre Lumpen.

WURZEL *(beiseite)*. Er muß doch eine Spur von mir haben, er kennt mich doch. *(Laut.)* Bruder, wir wollens noch sein! schlag ein, Bruderherz!

JUGEND. Bruder, nein! Jetzt ists gar. Du mußt jetzt solid werden, du mußt dich um sieben Uhr zu Bette legen, darfst dir keinen Rausch mehr trinken – kurz, was du zu tun hast, das wirst du von einem anderen hören, der dir alles pünktlich auseinandersetzen wird.

WURZEL. Bruder, was wär denn das? – Ich keinen Rausch – und das ist das Edelste an mir. Ich bin so gsund, daß ich mit einer Armee raufen könnt.

JUGEND. Ja Brüderchen, jetzt solang ich noch bei dir bin. *(Stark.)* Doch den ersten Schritt, den ich aus diesem Saal mache, wird dich die Lust verlassen, auf eine so unedle Weise dein Schicksal ferner zu versuchen.

WURZEL. Ich fang mich völlig zum fürchten an. Auf die Letzt kann der Kerl hexen! Das wär eine hantige Bruderschaft.

JUGEND. Also adieu, lieber Bruder! Verzeihe mir, was ich dir Leids getan hab, du lieber guter Kerl du! Ich bin gewiß ein fideler Junge, habs lang genug mit dir ausgehalten, du warst mein intimster Freund, aber du bist gar ein lüderliches Tuch, darum leb wohl, Brüderchen! sei nicht böse auf mich und sage mir nichts Schlechtes nach.

Duett

JUGEND. Brüderlein fein, Brüderlein fein,
Mußt mir ja nicht böse sein!
Scheint die Sonne noch so schön,
Einmal muß sie untergehn.
Brüderlein fein, Brüderlein fein,
Mußt nicht böse sein.

WURZEL. Brüderlein fein, Brüderlein fein,
Wirst doch nicht so kindisch sein!
Gib zehntausend Taler dir
Alle Jahr, bleibst du bei mir.

JUGEND. Nein, nein, nein, nein!
Brüderlein fein, Brüderlein fein,
Sag mir nur, was fällt dir ein?
Geld kann vieles in der Welt,
Jugend kauft man nicht ums Geld.
Drum, Brüderlein fein, Brüderlein fein,
's muß geschieden sein.

JUGEND. Brüderlein, bald, Brüderlein, bald
Flieh ich fort von dir.

WURZEL. Brüderlein, halt, Brüderlein, halt,
Geh nur nicht von mir.

*(Unter dem Ritornell tanzt die Jugend und ihr Gefolge.)*

JUGEND. Brüderlein fein, Brüderlein fein,
Wirst mir wohl recht gram jetzt sein?

Hast für mich wohl keinen Sinn,
Wenn ich nicht mehr bei dir bin?
Brüderlein fein, Brüderlein fein,
Mußt nicht gram mir sein!

WURZEL. Brüderlein fein, Brüderlein fein,
Du wirst doch ein Spitzbub sein!
Willst du nicht mit mir bestehn,
Nun, so kannst zum Teuxel gehn!

JUGEND. Nein, nein, nein, nein!
Brüderlein fein, Brüderlein fein,
Zärtlich muß geschieden sein.
Denk manchmal an mich zurück,
Schimpf nicht auf der Jugend Glück!
Drum, Brüderlein fein, Brüderlein fein,
Schlag zum Abschied ein!

BEIDE. Brüderlein fein, Brüderlein fein,
Schlag zum Abschied ein!

*(Umarmen sich. Die Jugend tanzt ab, ihr Gefolge nach.)*

## Siebenter Auftritt

*Wurzel geht nach einer Flasche Wein, will trinken, stellt sie aber mißmutig zurück und setzt sich in einen Stuhl.*

*Lorenz.*

LORENZ *(nähert sich Wurzel langsam).* Wie ist denn Euer Gnaden?

WURZEL. Gar nicht gut. So gewiß dumm ist mir.

LORENZ. Ja, man sieht Ihnens an, völlig vernagelt schauen Sie aus.

WURZEL. Und was ists denn so kalt herin, hab ich denn s' Fieber?

LORENZ *(sieht zum Fenster hinaus).* Ja ich glaubs, es fang' ja zum schneien an. Ah, das ist gspaßig! Da schauen S' naus in den Garten, alles ist weiß, und die Bäume, alle Blätter werden gelb.

WURZEL. Was ist denn das für eine Hexerei?

*(Habakuk bringt Champagner.)*

HABAKUK. Der Champagner ist da!

WURZEL. Marschierst! Einen Kamillentee laßt mir machen, und einheizen, man möcht ja erfrieren. *(Es wird im Kamin eingeheizt. Die Turmuhr schlägt Eilf.)* Jetzt hats elf Uhr gschlagen! Erst wars zwölf, jetzt ists wieder elf Uhr. Hat denn die Zeit einen Krebsen verschluckt, daß die Stunden rückwärts gehen? Es wird ja stockfinster, bringts Lichter! *(Es wird Nacht. Von außen Katzengeschrei: Miau! Miau!)* So! jetzt singen die vierfüßigen Nachtigallen, das ist eine falsche Stund! *(Heftiges Pochen von außen.)* Ist schon wieder wer da? Verdammtes Gesindel! Ist denn keine Ruh! Schau hinaus. *(Wird wieder geklopft.)* Und das Klopfen! Wollen s' denn aus meinem Haus eine Stampfmühle machen?

*(Bediente bringen Lichter.)*

LORENZ *(hält den Kopf zur Glastür hinaus).* Ui je! Ui je! Ein alter Herr mit ein Leiterwagen ist drauß, er will mit Ihnen reden.

WURZEL. Wer ist er denn?

LORENZ *(ruft hinaus).* Wo sind wir denn her?

DAS ALTER *(von außen).* Aus Eisgrub.

WURZEL. Aus Eisgrub? Nein, was das für Visiten sein, da kenn ich kein Menschen.

ALTER *(von außen).* Na, nur aufmachen. Ich bin das hohe Alter. Ich will hinein!

WURZEL. Das Alter? die Tür sperrst zu und unterstehst dich nicht, daß du ihn hereinlaßt.

ALTER *(von außen).* Nun, wird die Tür aufgmacht oder nicht?

WURZEL. Nein, saperment!

ALTER *(von außen).* Ah so? Nun, so komm ich schon mit Gewalt hinein!

*(Die Glastür wird vom Wind aufgerissen, so daß die Scherben davonfliegen. Das Alter fliegt herein auf einem Wolkenleiterwagen. Zwei Schimmel, alte Bauernpferde, sind vorgespannt. Der Wagen ist mit gelbem Gesträuch ausgefüllt. Das Alter sitzt in einem alten Hausrock, der bis an die Knie reicht, darin, den Kopf mit einer Pelzschlafhaube bedeckt, die Füße in Pölster gewickelt, auf dem Schoß einen schlafenden Mops und auf der Achsel eine Eule. Ein kleiner uralter Kutscher ist auf dem Bock. Der Wagen ist etwas beschneit.)*

ALTER *(mit kränklicher Freundlichkeit und persiflierendem Wohlwollen, steigt aus dem Wagen, mit einem Krückenstock).* Sie verzeihen, daß ich so frei bin, meine mühselige Aufwartung zu machen. Ich weiß nicht, ob Sie mir es ansehen werden oder nicht, ich bin das hohe kranke Alter, Ihnen miserablicht zu dienen. Ich hab da ein Einquartierungszettel bei Ihnen.

WURZEL. Bei mir? Glaubt der Herr, bei mir ist ein Spital?

ALTER. Wird schon eins werden, wenn ich eine Weile da bin. Sein S' nicht bös, daß ich so unerwartet komm, gewöhnlich korrespondieren die Leut schon vorher mit mir, aber Sie haben ein braves Kind, die 's mit Ihnen gut gmeint hat, aus dem Haus gjagt, und da haben s' mich dafür gschickt. Nehmen Sie mich an Kindesstatt an.

WURZEL. Ja, aber z' Haus bhalt ich Ihn nicht, ich gib Ihn ins Kadettenstift nach Ybbs.

ALTER. I bewahr! wir werden uns schon miteinander vertragen, ich bin ein spaßiger Kerl. Ich mach noch an mancher Tafel, bei manchen Hausball meine Lazzi, ich hupf noch bei manchen Ecossais[8] mit, bis mir einen rechten Riß gibt, hernach setz ich mich gschwind nieder.

WURZEL. Ja, ja, gscheider ists!

ALTER. Wenn wir eine Weile bekannt sind, werden schon meine Verwandten auch ihre Aufwartung machen. Mein

8 Ekossaise, schottischer Tanz.

liederlicher Vetter, der verdorbene Magen, das wird der erste sein, der Ihnen die Honneurs machen wird, und meine Cousine, die Gicht, die hat mich schon versichert, sie kanns gar nicht erwarten. Sie an ihr gefühlvolles Herz zu drücken. Oh, hören S', das ist eine unterhaltliche Person, ich sieh Ihnen schon ordentlich nach Pistyan[9] ins Bad mit ihr reisen, und treu ist sie –

WURZEL. Ich weiß, man bringt s' gar nicht los. Ein jeder sagt: da hast du s', ich mag s' nicht.

ALTER. Und was tun Sie denn, mein lieber Herr von Wurzel? Was gehen S' mir denn so kühl herum? Werden S' gleich ein Schlafrock anziehen? Sapperment hinein! so schauts doch auf euren Herrn! Ist ja ein alter Herr, müßt ja hübsch acht geben auf ihm. Wenn er euch stirbt, seids brotlos. Gleich bringts ihm ein Schlafrock!

*(Bediente wollen fort.)*

WURZEL. Nicht unterstehen – oder ich schlag einen hinters Ohr!

ALTER. Was, schlagen? Gleich niedersetzen! *(Er nimmt ihn an der Hand und setzt ihn in einen Stuhl.)*

WURZEL. Himmel! wie wird mir?

ALTER. Nicht unterstehn und schlagen. Die Pferd schlagen aus, nicht die Leut. Damit Sie aber nimmer ausschlagen *(berührt sein Haupt, und Wurzel bekommt ganz weißes Haar)* – So, jetzt ist aus dem Bräunl ein Schimmel worden. So! hato! mein Schimmerl! Nu, nichts hato?

WURZEL *(weinend)*. Lorenz, mein Schlafrock.

*(Man zieht ihm denselben an, und zwar so, daß er dadurch zugleich sein Bauerkleid anzieht, dessen Ärmel in den Ärmeln des Schlafrocks stecken. Er bekommt einen kaschierten Kropf.)*

ALTER. So, mein lieber Herr von Wurzel! Tun S' mich nur gut pflegen, damit wir lang beisamm bleiben, mit mir muß man gar heiklich umgehn.

9 Moorbad bei Preßburg.

WURZEL. Aber was soll denn das heißen?

ALTER. Das sind die Wintertag.

WURZEL. Ah, ich hätt glaubt, die Hundstäg!

ALTER. Wie mans nehmen will. Aber jetzt leben Sie wohl, ich hab mein Post ausgerichtet. Wenn S' mich auch nicht mehr sehen, Sie werden mich schon spüren. Für einhundertunddreißig Jahr können Sie sich ausgeben, auf mein Wort. Adieu! *(Umarmt ihn.)* Also schön merken: In der Früh ein Schalerl Suppen und ein Semmerl drinn, um ein elf ein bisserl in der Sonn spazierengehen, aber immer ein Hafendeckl auf den Magen legen, daß Sie sich nicht erkühlen. Z' Mittag ein eingmachts Henderl und ein halbs Seiterl Wein, und auf d' Nacht eine halbete Biskoten[10]. Und gleich ins Betterl gehn. So! jetzt pa! pa! alter Papa, und befolgen Sie meinen Rat. Kein Tee müssen S' nicht trinken, den haben S' so schon[11]. *(Er steigt in den Wagen.)* Hansel! langsam fahren, daß wir kein Unglück haben, mit die Teufeln von Rosser. *(Macht Pa aus dem Wagen.)* Gute Nacht! mein lieber Herr von Wurzel! gute Nacht! *(Fliegt ab.)*

## Achter Auftritt

*Wurzel. Lorenz.*

WURZEL. Jawohl gute Nacht. So weit hab ichs gebracht! Lorenz, gib mir einen Spiegel! *(Lorenz gibt ihm den Spiegel, er sieht hinein.)* Ah, die Positur! jetzt kann ich in der Häßlichkeit Lektion geben. Nein, ich halts nicht aus, ich geh durch! *(Will fort.)* Es geht nicht, ich hab 's Podagra! *(Lacht verzweifelnd.)* Haha, nichts mehr hoto!

LORENZ. Freilich, lieber tschihi ins Bett.

WURZEL. Was hängt denn da für ein Habersackel? Hab ich denn ein Kropf?

10 Biskotte, eine Art Biskuitplätzchen.

11 Teetrinken: Wortspiel, denn jemand Tee geben bedeutet so viel wie ihm die Leviten lesen.

LORENZ. Nu, und das was für ein, als wenn S' einen Suppentopf gschlückt hätten. Ui je! jetzt haben S' einen buckeligen Hals! *(Lacht.)*

WURZEL. Ich glaub, der Kerl lacht mich noch aus?

LORENZ. Nein, einen Neid werd ich haben, wegen den.

WURZEL *(auffahrend)*. Der Neid? das ist ein schöner Spitzbub. Ja, der ist an mein Unglück schuld, und jetzt laßt er mich sitzen. Was hab ich jetzt von dem verdammten Geld? Ich kanns ja nicht genießen. Ich wirfs zum Fenster hinaus, vielleicht wird wieder alles wie vorher.

LORENZ. So sein S' doch gscheid. Wann S' Ihren Reichtum verwünschen, so ist er ja hin. Sie haben mir es ja selbst erzählt.

WURZEL. Und er soll hin sein, ich will ihn nimmer haben, hab ich meine Schönheit verloren, so will ich auch nimmer reich sein, ich will lieber arm sein und gsund. Hör mich, du verdammter Neid, nimms, dein Geld, ich mags nimmermehr. Oh, wär ich nur, wo ich hingehör, wär ich nur bei die Meinigen!

*(Ein Blitzstrahl fährt herab. Schnelle Verwandlung in ein düstres Tal, an der Seite ein Teil der halbverfallnen Hütte Wurzels. Die vordere Gegend ist finster gehalten und herbstlich mit gelben Blättern. Zwischen zwei sehr dunkel sich hereinlegenden Bergen erhebt sich in der Mitte ein hoher Gletscher. Der Sitz von Samt, auf welchen Wurzel nach seiner Verwünschung zurückgesunken ist, verwandelt sich in einen Baumstamm. Er und sein Diener verwandeln sich in arme Bauern. Neben Wurzel liegen ein Paar große Ochsen, worein sich zwei Seitenkredenzen verwandelten, und mehre andere weiden auf dem Berg und perspektivisch in den Wald hinein, daß es das Ansehen einer weidenden Herde hat. Die Musik drückt das Brüllen der Ochsen aus.)*

LORENZ. So, da haben Sies, Sie übermütiger Ding! Jetzt sind S' bei die Ihrigen.

WURZEL. Die haben doch eine Freud über mich, wenn s' mich sehen. Gelts, meine Kinder? *(Ochsengebrüll. Ein Geiß-*

*bock meckert auf einem Felsen.)* Das ist eine rührende Anhänglichkeit. Alle Ochsen weinen über mich!

LORENZ. Und ich wein doch nicht.

WURZEL. Hast denn kein Gefühl? Schamst dich denn nicht vor die Ochsen? die werden sich was Schönes denken von dir, du undankbarer Bursch du!

LORENZ. Was wär das? Kein Geld mehr haben und grob auch noch sein? Ah, jetzt muß ich andre Saiten aufziehen. Was glaubst denn du, grober Mensch? Du hast ja nichts mehr, schau s' an, dein verfallne Hütten. Da steht s' jetzt, dein Palast, wo die Mäus Frau Gvatterin leih mir d' Scher spielen. Z' gut ists ihm gangen, z' übermütig ist er worden, und jetzt ist alles hin, aber alles, sein Sach und mein Sach. *(Weinerlich.)* Ich bin nur ein armer Dienstbot, und er bringt mich um das Meinige. Ist denn das eine Herrschaft? Jetzt hab ich ihn drei Jahr lang betrogen, und jetzt hab ich nicht einmal was davon.

WURZEL. Weil dich der Himmel bestraft hat dafür!

LORENZ. Wenn du dich noch einmal unterstehst, und kommst mir unter die Augen, so reiß ich einen Felberbaum aus und wichse dich damit herum, daß d' an mich denken sollst, du verdorbener millionistischer Waldhansel du! *(Geht ab.)*

WURZEL. Ist jetzt kein Mensch mehr da, der mir eine Grobheit sagt?

## Neunter Auftritt

*Wolken fallen vor.*

*Der Neid kommt auf einer grünen Wolke, die sich an eine rote schließt, worauf der Haß steht, aus der Kulisse gerollt. Diese Erscheinung muß äußerst schnell vor sich gehen. Wurzel.*

*Der Neid ist römisch gekleidet, doch ganz gelb. Das Kleid hat eine Bordüre von gestickten Schlangen, einen Turban mit Nattern umwunden. Der Haß in römischer roter Kleidung mit goldener Stickerei, Brustharnisch und Helm von roter Folio, auf dem Helm eine Spiritusflamme.*

NEID *(antwortet schnell auf Wurzels Frage).* Ich! Was hast du getan? Schurke! warum hats du das Mädchen nicht schon lange vermählt, wie ichs befahl? Fort aus meinen Augen, Mißgestalt, oder ich schleudre dir eine Natter in deinen hohlen Schädel, daß dir der Wahnsinn zu allen Knopflöchern herausspringen soll.

WURZEL *(kann sich vor Zorn kaum fassen, ganz erschöpft).* Gelt, jetzt hast leicht reden mit mir, du gelbzipfeter Ding du. Jetzt kommst erst daher, du – du Eiernschmalzbruder du! *(Neid und Haß lachen. Wurzel verzweifelnd.)* Ja lachts nur, ihr habt es notwendig! Einer sieht aus wie 's gelbe Fieber und der andere wie ein Gimpel, der den Rotlauf hat. Aber dich will ich rekommandieren, du Galläpfellieferant. Die ganze Welt will ich durchkriechen, überall will ich mein Schicksal erzählen. *(Weint heftig.)* Drucken laß ich mein Unglück und lauf selber damit herum und schrei: Einen Kreuzer die schöne Beschreibung, die mir erst kriegt haben, von dem armen unglücklichen Mann, *(schluchzend)* der aus einen jungen Esel ein alter worden ist. *(Geht heulend ab.)*

## Zehnter Auftritt

*Neid und Haß.*

NEID. Freund, ich bitte dich, verfolge mir diesen Dummkopf, solang er lebt.

HASS. Sorg dich nicht, gegen wen der Neid auftritt, der hat auch den Haß gegen sich.

NEID. Was soll ich jetzt tun? Ich kanns nicht erdulden, daß diese Lakrimosa, die mir einen Korb gegeben hat, nun triumphieren soll. So nahe am Ziel, und nun dies Komplott.

HASS. Wenn wirs nur früher erfahren hätten!

NEID. Und wenn ich auch dagegen etwas unternehmen wollte, so kann ich nicht. Es ist nur mehr die heutige Nacht und der morgige Tag übrig, und ich muß nach England, dort ist eine große Kunstausstellung, wo wenigstens fünfhundert Künstler um den Preis kämpfen, und da kann doch der Neid nicht wegbleiben. Ich habe auch schon eilf Zimmer gemietet, damit man sich doch ein bißchen ausbreiten kann.

HASS. Der Neid ist doch ein erbärmlicher Wicht, da ist der Haß ein anderer Mann. Ich will hier bleiben, ich will ihnen einen Strich durch die Rechnung machen.

NEID. Bruder, wenn du das imstande wärst –

HASS. Warte, hier kommt mein Spürhund.

## Elfter Auftritt

*Tophan. Vorige.*

HASS. Hast du etwas erfahren?

TOPHAN *(geheimnisvoll).* Alles! Die Geister haben heute mittags auf der Spitze des Geisterscheckels folgendes beschlossen: Sie werden sich an dem Bauer durch die Erfüllung seines frechen Schwures rächen. Er hat das Mädchen aus dem Hause gejagt, doch die Nacht hat sie in Schutz genommen und sie in die Arme der Zufriedenheit geführt. Den Fischer hat der Magier Ajaxerle über sich, der bestellte auf heute abend eine geflügelte Wurst, damit wird er den Fischer und die beiden Weiber aus ihrer Wohnung abholen, und alle vier werden nach dem Scheckel fliegen, wo die Geister ihrer harren und Hymen sie um Mitternacht verbinden wird. Dies alles habe ich durch meine Geliebte erfahren, die Kammerjungfer bei der Fee Antimonia ist.

NEID. Das ist ein schändlicher Plan, so wahr ich Neid heiße und ein rechtschaffener Mann bin.

TOPHAN. Doch der Magier muß dem Fischer noch nichts

davon entdeckt haben. Der Tag ist bald vorüber, und er sitzt noch vor seiner Hütte und verzweifelt.

HASS. Ha! Nun ists gewonnen. Hurtig, lege dich auf die Lauer und suche den Magier abzuhalten.

NEID. Halt! Du hast reichen Lohn verdient, hier hast du zwei Vipern für deine Nachricht.

TOPHAN. Ich küß die abgezehrte Hand dafür. *(Küßt ihm die Hand, dann im Abgehen für sich.)* Vergiften könnt ich ihn damit! *(Geht ab.)*

HASS *(fährt aus einem kurzen Nachdenken empor).* Triumph! fertig ist der Plan. Seine Liebe ist zu heftig, er muß durch List in meine Hände fallen, sonst vermag ich nichts über ihn. *(Schwingt seine Fackel.)* Erscheine, Zauberhain! *(Donnerschlag. Der Haß deutet in die Kulisse.)* Was siehst du dort?

NEID. Einen herrlichen Garten mitten im See, mit einem Lusthause und einer Kegelbahn.

HASS. Den laß ich oft erscheinen in der Welt, er ist ein Geschenk des bösen Dämons, dem wir beide dienen. In dem Lusthause dieses Gartens wird ein Brillantring, der unermessene Reichtümer gewährt, von neun bösen Geistern bewacht. Ihre Büsten aber sind als Kegel aufgestellt. Wer diese neun Kegel trifft, stürzt dadurch die neun Geister und gewinnt den Ring, den ihm keine Zaubergewalt entreißen darf. Doch trifft er weniger als neun, stürzt er tot zur Erde nieder. Wenn er aber diesen Ring neun Tage besitzt, erfüllen ihn die Geister mit dem höchsten Menschenhaß, und er ruhet nicht, bis er sich und Tausende zugrunde richtet. Nur wenn er ihn vor dieser Zeit freiwillig von sich wirft, ist er gerettet, doch Macht und Reichtum ziehen als Nebel fort. Nun höre meinen Plan. Lakrimosens Tochter muß bis morgen um Mitternacht mit diesem *armen* Fischer vermählt sein, sonst bleibt ihre Mutter ewig verbannt. Wir locken also den Fischer nach der Kegelbahn, fehlt er die Kegel, ist er verloren, und Lakrimosa mit ihm. Trifft er sie, ist er von dem Augenblick, als er meinen Ring am Finger trägt, ein reicher Mann und kein armer mehr, selbst die Geister haben ihre Gewalt über ihn verloren, und dann werd ich schon Mittel anwenden, daß er entweder im Besitz seines Reichtums sich mit ihr vermählt, oder die Vermählung zu verhindern suchen. In beiden Fällen ist Lakrimosa gestürzt.

NEID *(fällt ihm um den Hals).* Bruder, ich beneide dich um diesen Plan, das ist der einzige Dank, den ich dir dafür geben kann.

HASS. So komm, du ohnmächtiges Ungeheuer, ich will dich mit der Rache vermählen! Du bist ein seltner Bräutigam, dich führt der Haß ins Brautgemach.
*(Beide Arm in Arm ab.)*

## Zwölfter Auftritt

Verwandlung

*Der Zaubergarten.*

*Auf der Kortine ist ein großes Lusthaus gemalt. Quer über die Bühne eine ideale Kegelbahn, mit Gold sehr verziert. Neun kleine ausgeschnitzte Büsten von Geistern, die auf Hermen stehn, sieht man statt der Kegel. Den Kopf der Büste ziert ein Helm, auf welchem wie bei den Geistern eine verhältnismäßige kleine Spiritusflamme brennt. Der mitterste Kegel hat eine kleine Krone auf dem Helm. Eine goldne Kugel. Der Stand für die Scheiber ist auch ideal pompös und eine Art Rosenlaube. An beiden Seiten des Theaters stehen weiße Denksteine mit schwarzer Schrift: »Anton Prey traf nur drei« – »Gottlieb Pracht, alle acht« – »Philipp Thier schob nur vier« – »Michael Koch, ein Loch«.*

*Nigowitz.*

NIGOWITZ. Kein schlechters Brot kanns schon nimmer geben als ein Genius, der als Buchhalter bei einer Kegelstatt angstellt ist. Das Passen, und 's kommt niemand. Da werden die Leut Narren sein und werden bei der Lotterie das Leben einsetzen, ist oft um zehn Gulden schad. Keiner hats troffen, so viel noch gschoben haben. Um den letzten war mir gar leid, das war ein Tischlergsell, der hat mir noch vorher seine letzten zwei Gulden gschenkt, hat sich angstellt, scheibt ein Loch, pums! gar wars. Da steht er aufgschrieben: Michael Koch, ein Loch. – Sapperment, dort kommt einer, und unser Paperl, der die Leut herlockt, voraus. Wer muß denn das sein? *(Zieht sich zurück.)*

## Dreizehnter Auftritt

*Voriger. Karl. Der Papagei.*

PAPAGEI *(fliegt vor Karl und schreit).* Bist schon da! Bist schon da! *(Fliegt ab.)*

KARL. So warte doch, kleiner Spitzbube! Ist schon fort! Sonderbares Tier, kömmt zu meiner Hütte geflogen, verspricht mir Lottchens Hand, lockt mich hieher und fliegt mir jetzt vor der Nase davon. Wo bin ich denn? Ist vielleicht hier ein Schatz vergraben?

NIGOWITZ *(tritt vor).* Nun, wenn der Herr was gspannt. Wer auf der Pudel[12] alle neun scheibt, wird ein wilder Millioneur.

KARL. Ein Millioneur? Himmel, da kann ich mein Lottchen heiraten! Her mit der Kugel!

NIGOWITZ. Nur langsam, nicht so gschwind! Gib mir der Herr zuerst mein Neunegulden.

KARL. Wenn ich gekegelt habe, Freund!

NIGOWITZ. Nichts! da ist der Herr schon lang hin. Da krieg ich nichts mehr.

KARL. Was?

NIGOWITZ. Freilich. Da muß man ja nicht so gäh sein. Da les der Herr zuerst. *(Bringt ein großes Buch.)*

12 Kegelbahn.

KARL *(liest).* Wem der große Wurf gelungen,
Hier zu treffen alle neun,
Hat den Zauberring errungen,
Tritt zum Saal des Reichtums ein.
Doch der Freche, dems mißlungen,
Daß das Glück er neunfach zwingt,
Wird von einem Reif umschlungen,
Den der Tod ums Leben schlingt.

NIGOWITZ. Das heißt: der Herr ist hin. Also will der Herr oder nicht?

KARL. Was liegt mir an dem Leben, wenn ich mein Lottchen nicht habe. Ich habe ja auf jedem Kirchtag die neun getroffen. Her mit der Kugel!

NIGOWITZ. Schreib sich der Herr ein.

KARL *(schreibt schnell sich in das Buch ein).* So! und nun Brillant, du sollst ihr Brautring sein.
*(Er stellt sich zum Scheiben und Nigowitz zu den Kegeln. Die Kortine geht auf, man sieht einen Wolkensaal. Neun rote Geister stehen auf einer Stiege mit vier breiten Stufen, sie sind mit Pfeilen bewaffnet, und das Haupt deckt ein Helm mit einer Spiritusflamme. Auf einem Postamente steht das Wort: Zauberring geschrieben, dieses bewachen sie und drohen auf Karl herab. Auf jeder Seite stehen vier, der Kegelkönig auf dem Postamente.)*

CHOR. Laß ab! Laß ab!
Die Kugel rollt ins Grab!
Laß ab!

KARL. Lottchen heißt die Schnur, mein muß sie sein!
*(Er scheibt hinaus, die Kegel fallen alle um.)*

NIGOWITZ *(schreit aus vollem Halse).* Alle neune!
*(Heftiger Donnerschlag. Pudel und Kegel verschwinden. Zwei Blitze fahren auf die Geister, welche von den Stufen stürzen, weh rufen und in dieser Gruppe verbleiben. Die Denksteine verwandeln sich in goldne Vasen mit Blumen. Hinter dem Postament steigt ein ungeheurer blauer Adler*

*auf mit goldgesäumtem Gefieder, welcher den Ring im Schnabel hält und jetzt auf dem Postament sitzt.)*

KARL *(steigt die Stufen hinan, nimmt ihm den Ring aus dem Schnabel und ruft).* Mein ist der Ring!

*(Der Adler breitet die Flügel aus, welche halb so breit als das ganze Theater sind, schwingt sich über Karl auf und reißt einen idealen Thron in seinen Krallen mit, dessen Breite sich nach der Breite der Stiege richtet und Karln, der auf dem Postament, welches sich jetzt in den Thronstuhl verwandelt, sitzt und dessen Kleid sich in ein glänzendes changierte, überschattet. Die Geister huldigen ihm durch ein Tableau. Genien machen die Gruppe voll, und so fällt der Vorhang langsam zu.)*

## Dritter Aufzug

### Erster Auftritt

*Das Äußere eines herrlichen Palastes aus hellrotem Marmor und mit goldverzierten Säulen. Auf der linken Seite eine Treppe, die zum Portal führt, an jeder Seite ein Sphinx. Der Hof, welchen die Bühne vorstellt, ist mit Blumen geziert und scheint von einem Gitter eingeschlossen zu sein, wozu ein prächtiges Gittertor an der Kulisse den Eingang bildet.*
*Die Geister des Hasses sind teils in roten Livreen gegenwärtig, teils sieht man sie als Furien gerade den Bau des Palastes beenden.*
*Die Musik drückt vor dem Aufziehen der Kortine das Hämmern und Schlagen der Arbeiter aus. Beim Aufziehen hört man nur den Schluß des Chors, welcher vor dem Aufziehen schon hörbar war.*

CHOR.
Jubelt hoch, des Hasses Geister!
Freue dich, erhabner Meister!
*(Nach dem Aufziehen der Kortine.)*
Fertig ist der Bau!

*(Der Haß, modern schwarz gekleidet, Federhut, rote Haare und Backenbart. Er tritt rasch ein. Tophan.)*

HASS. Bravo! das heiß ich Temperament des Hasses! In einer Nacht haben meine Geister dieses Werk vollendet, und ehe noch um den Preis der höhern Röte der Abendstrahl mit den blutigen Streifen dieses Marmors ringt, kann er einziehen in dies glänzende Haus, der Dieb, der aus dem Reiche des Neptuns die floßbewachsenen Bewohner stiehlt. Was ist sonst vorgefallen? Habt ihr den Magier nicht gesehen?

TOPHAN. Nein, keinen der verhaßten Brut.

HASS. Merkt es euch, ich stelle seinen Haushofmeister vor. Was glaubst du wohl, Tophan, wird uns der Streich gelingen?

TOPHAN. Die Hölle gibts! Wie benimmt er sich?

HASS. Sonderbar. Als er gestern abends des Ringes Eigentümer wurde, befahl er den Furien, schnell diesen Palast zu erbauen, um seine Braut heute im Triumphe einzuführen. Wir andern Geister aber mußten am frühesten Morgen mit ihm nach der Stadt, wo er mittags in einer glänzenden Karosse, mit sechs Rappen bespannt, nach dem Hause des stolzen Bauers fuhr und um das Mädchen werben wollte. Doch als man ihm berichtete, das Bauernvolk wäre samt dem Hause verschwunden, sah er lange starr auf einen Fleck, doch wie vom Blitz begeistert fuhr er plötzlich freudig auf und befahl uns, schnell zurückzureisen. Auf halbem Wege schickt er mich voraus, um hier doch alles zur Vermählung zu bereiten, und kraft dieses Ringes muß ich seine Befehle erfüllen. Er scheint verwirrt zu sein, gleichviel, daß er den Ring indessen nicht vom Finger zieht, verhüten die neun Geister als sein Gefolge, und hier will ichs verhüten, bis die Nacht erscheint und der Streich gelungen ist. Jetzt an die Arbeit. Gehorcht ihm, Antipoden der Liebe, denn auch der Haß gehorcht zum Schein, um desto sicherer zu verderben.
*(Alle gehen ab.)*

## Zweiter Auftritt

*Amor. Die Zufriedenheit. Lottchen.*

*Letztere beide sind in modester Kleidung als Bauernmädchen gekleidet. Amor als Bauernjunge. Alle drei schleichen herein.*

AMOR. Wir sind am Ziele. Nun seid vorsichtig und verlaßt euch auf Amor und die Geister.

ZUFRIEDENHEIT. Ich sehe den Magier auch hier nicht.

AMOR. Er muß hier sein. Ich will ihn suchen, vielleicht hat ihn sein Mut hinter eine Hecke getrieben. *(Geht ab.)*

LOTTCHEN. Himmel, wie soll das enden? Gestern abends versprachst du mir, daß mein Karl an des schwäbischen Kaufmanns Hand mich zur Vermählung holen würde. Den ganzen Abend und die lange Nacht warten wir vergebens, erst heute Mittag kömmt der kleine Knabe geflogen, bringt dir einen Brief, und ohne ein Wort zu sagen, verkleidest du dich und ziehst an der Hand des Knaben mit mir bis hieher. Ich kenne die Gegend, doch stand hier seine Fischerhütte, und kein Palast. Was ist aus ihm geworden? Wo ist er?

ZUFRIEDENHEIT. Behutsam! Sei nur ruhig. Ich will dir den Brief lesen, den die Geister mir durch Amor gesendet haben. *(Liest.)* »Hochzuverehrendes Wesen! Beneidenswerte Zufriedenheit! In größter Eile berichten wir Ihnen: der Magier Ajaxerle hat durch Unvorsichtigkeit unsern Plan vernichtet, indem er die Zeit versäumte, Sie und den Fischer abzuholen. Wir müssen nun zu einem neuen schreiten. Der Fischer befindet sich in der Gewalt des Hasses, der seine Hütte in einen Palast umzauberte. Reisen Sie daher schnell in Verkleidung an Amors Hand nach seiner neuen Wohnung. Vor dem Hause wird der Magier Sie erwarten und Ihnen alles aufklären. Den Fischer werden wir sogleich nach Hause expedieren. Wir Geister dürfen uns dem Haß nicht nähern, sonst entzweit er uns, und wir kommen nicht zum Zweck, darum halten wir uns verborgen und verlassen uns ganz auf Ihre Klugheit, denn nur die Zufriedenheit kanns mit dem Haß aufnehmen. Bis Mitternacht muß die Sache beendet sein. Mit ausgezeichneter Achtung und namenloser Verwirrung Dero ergebenster Geisterverein auf dem Scheckel.« Jawohl Verwirrung! So viele Geister, und ein so geistloser Plan. Welche Unsicherheit? Der Magier ist ja wieder nicht hier. Arme Lakrimosa, warum besitze ich keine Zauberkräfte? Was für armseligen Geistern hast du dein Glück vertraut! Doch stille, hier kömmt ein Diener. Wenn ich nur Karl sprechen könnt, dann würde ich mich schon in die Sache finden. *(Tophan geht über die Bühne.)* Pst, Freund, ist der Herr des Hauses nicht zu sprechen?

TOPHAN *(trotzig).* Nein! Er kömmt erst heute abend an.
ZUFRIEDENHEIT. Wo ist er denn?
TOPHAN. Er holt seine künftige Frau, es ist schon alles zur Vermählung bereitet.
LOTTCHEN. Himmel!
ZUFRIEDENHEIT. So führ uns zu dem Hausinspektor.
LOTTCHEN. Ach ja, wenn du deinen Herrn liebst, so –
TOPHAN *(wild).* Schweigt! Ich liebe niemand, ich kann mich selbst nicht leiden, und mein Handwerk ist der Haß.
ZUFRIEDENHEIT. So melde uns aus Haß.
TOPHAN. Das will ich tun, aus Mißgunst meld ich an, aus Liebe nicht. *(Ärgerlich.)* Wenn es nur keine Frauenzimmer auf der Welt gäbe. *(Ab.)*
LOTTCHEN. Er hat mich vergessen und heiratet vielleicht jetzt eine Königstochter.
ZUFRIEDENHEIT. Nur ruhig, daß man uns nicht erkennt.
*(Der Haß aus dem Palast. Tophan. Diener.)*
HASS. Wo sind die Mädchen?
TOPHAN. Hier! Sie scheinen mir verdächtig.
HASS. Was wollt ihr?
LOTTCHEN. Ach! *(Zur Zufriedenheit ängstlich.)* Was wollen wir denn?
ZUFRIEDENHEIT. Euer Gnaden verzeihen, wir sind zwei arme Verwandte des Herrn vom Hause, die zu ihm gereist sind, ohne von seinem Reichtum noch unterrichtet zu sein. Unser Bruder ist im nächsten Dorfe zurückgeblieben und wird gleich nachkommen.
HASS. Das ist Betrug! Ergreift sie schnell!
LOTTCHEN. O Himmel! Wer beschützet uns jetzt?
AMOR *(springt aus dem Blumengebüsche und tupft schnell den Haß mit seinem Pfeile ans Herz, schalkhaft).* Still, still! Ich hab ihn schon verletzt! *(Läuft ab.)*
HASS *(zu den Dienern).* Haltet! Ich war zu rasch! Hm! Ein hübsches Mädchen. *(Kneipt sie in die Wange.)* Ich vergesse beinahe, daß ich der Haß bin! Nun, womit kann ich euch dienen?

ZUFRIEDENHEIT. Wenn Sie uns nur ein kleines Plätzchen gönnen wollten, um dort die Ankunft des Herrn abzuwarten.

LOTTCHEN. Wir bitten recht schön!

HASS. Nein! zum Fortjagen sind sie zu hübsch und zum Betrug zu unschuldsvoll. *(Zu den Dienern.)* Zeigt ihnen das Domestikengebäude, dort können sie ihn erwarten. Wo kommt ihr her?

ZUFRIEDENHEIT. Aus dem Salzburgischen.

HASS. Wirklich? glückliches Salzburg, ein zweites Sachsen, wo die hübschen Mädchen wachsen. *(Für sich.)* Das ist ein Kapitalmädchen! Wenn ich nur der Haß nicht wär – das ist doch fatal! die könnte mich glücklich machen. Denn wenn sie mich alle Tage mit ihren schönen Augen nur hundertmal anblickt, so habe ich die Woche hindurch siebenhundert schöne Augenblicke. *(Nachdenkend.)* Das ist doch fatal, daß ich der Haß bin, jetzt wär ich viel lieber ein Salzburger. Adieu! schöne Salzburgerin. *(Geht ab und wirft ihr im Abgehen Küsse zu.)*

ZUFRIEDENHEIT *(macht ihm einen Knicks nach).* Adieu, schöner Salzburger! Vielleicht gelingt es uns, dir die Suppe zu versalzen. *(Zu Lottchen.)* Komm!

*(Geht mit ihr in das Nebengebäude ab. – Die Bühne ist leer.)*

## Dritter Auftritt

*Ajaxerle im Zauberhabit sieht zum Gitter herein, tritt furchtsam ein und sieht sich vorsichtig überall um, schleicht sich dann auf den Zehen bis zur Stiege des Palastes. Plötzlich hört man:* Halt! wer da? *rufen. Er sieht in die Kulisse, erschrickt, schreit:* Gut Freund! *und springt mehre Stufen zusammennehmend über die Stiege in den Palast. Nachdem er darin ist, springt gleich eine Furie, mit einer Keule, die ihn bemerkt hat, in größter Eile ihm nach und auf die nämliche Weise wie Ajaxerle über die Stiege und ins Tor.*

*Man hört in der Kulisse Wurzels Stimme:* Ein Aschen! Ein Aschen! *Wurzel tritt ein als Aschenmann mit einer Butte auf dem Rücken und einer Aschenkrücke in der Hand.*

WURZEL. Ein Aschen! Au weh! *(Stützt sich auf die Krücke.)* Was bin ich für ein miserabler Mensch! Ein Aschen! Was war ich, und was bin ich jetzt? Ein Aschen! Hört denn kein Mensch? Die Köchin hat gwiß ein Amanten bei ihr, weil s' nicht hört. *(Schreit aus vollem Halse.)* Ein Aschen!

## Vierter Auftritt

*Die Zufriedenheit. Wurzel.*

ZUFRIEDENHEIT. Wer lärmt denn so entsetzlich?

WURZEL. Der Aschenmann ist da, Euer Gnaden Fräulein Köchin. Sie werden noch nicht die Ehre haben, mich zu kennen? Ich bin ein neuer, der alte ist gstorben, ich habs erst heute übernommen. Ich bitt um Verzeihung, ich hab noch keine Visitkarten herumgeschickt. Ich heiße Fortunatus Wurzel.

ZUFRIEDENHEIT. Er ist mein einst so fröhlicher Bauer? Ich hätte Ihn nicht erkannt.

WURZEL. Ich weiß, wenn man einmal so ausschaut, kennen einen die Weibsbilder nicht mehr.

ZUFRIEDENHEIT *(für sich).* Nu, den haben die Geister schön zugerichtet. *(Laut.)* Du armer Narr!

WURZEL. Jawohl, arm bin ich, und ein Narr bin ich auch gewesen! Ja meine liebe Köchin, ich hab schön abgekocht, mit mir ists vorbei.

ZUFRIEDENHEIT. Wie alt bist du denn?

WURZEL. Ich hätte sollen die Vierziger kriegen, aber die Zeit hat sich vergriffen und hat mir einen Hunderter hinaufgemessen, und den halt der Zehnte nicht aus. Die Zeit ist ein wahrer Korporal, der mit die Jahr zuschlägt. Im Anfang hat s' ein Rütchen von lauter Maiblümeln, da gibt s' einem alle Jahr so einen leichten Tupfer, das gfreut einem, da springt man wie ein Füllerl. Hernach kommt s' mit einen Besen von lauter Rosen, da sind schon Dorn dabei, nach und nach schlagen sich die Rosen weg, ist der Haslinger[13] da. Endlich kommt s' mit einem Wiesbaum[14] daher, laßt ihn nur umfallen, aus ists. Aber es gschieht mir recht, warum bin ich kein Bauer geblieben? Den Fischer da drinn wirds akkurat so gehen.

ZUFRIEDENHEIT. Kennst du den Fischer?

WURZEL. Freilich. Er hätt ja mein Schwiegersohn werden sollen. Wenn ich ihm s' nur geben hätte! Viel tausendmal hats mich schon gereut.

ZUFRIEDENHEIT *(für sich)*. Er dauert mich. *(Laut.)* Ist dir diese Äußerung ernst?

WURZEL. O meine liebe Jungfer Köchin, wenn Sie mein verwurlte Geschicht wußten, so täten S' nicht so dumm fragen.

ZUFRIEDENHEIT. Ich weiß deine Geschichte, ich habe sie in dem Buche des Schicksals gelesen.

WURZEL. So? Sind Sie auch eine solchene, die statt dem Kochen liest?

ZUFRIEDENHEIT. Bereuest du, was du getan hast?

WURZEL. Von ganzem Herzen.

ZUFRIEDENHEIT. Beneidest du den Fischer um sein Glück?

WURZEL. Um kein Schloß nicht! Den wirds reuen, das ganze Dorf redt davon. Ich kenn s' schon, die Geister die einem solche Häuser schenken. Heut nach haben s' ihms aufgebaut von Diamanten und rote Rüben, glaub ich. Wie s' ihm erwischt haben, weiß ich nicht.

ZUFRIEDENHEIT. Würdest du ihm jetzt deine Ziehtochter geben?

WURZEL. Um kein Preis. Erstens weil ich s' nicht habe, zweitens weil s' mit den Reichtum eine unglückliche Person würde.

13 Haselgerte, Prügelstock.

14 Stange, die der Länge nach über dem beladenen Heuwagen liegt.

ZUFRIEDENHEIT. Wenn er aber wieder würde, wie er war?

WURZEL. Nachher soll er s' haben, aber suchen muß er s' zuerst, denn die ist vielleicht gar in der chinesischen Schweiz.

ZUFRIEDENHEIT. Er wird sie finden, und ist er ihrer Liebe würdig, so seid ihr alle gerettet, und auch du wirst wieder glücklich werden.

WURZEL. Wär das möglich! Ausgstanden hätt ich mir schon genug. Aber was können Sie wissen? Reden wir von was Gscheiden. Haben S' keinen Aschen?

ZUFRIEDENHEIT. Ich wollte, ich könnte schon die Asche dieses Schlosses in deinen Kübel leeren.

WURZEL. O meine liebe Mamsell Köchin, das war ein schöne Gegend. Ein jedes Stammerl kenn ich davon, der einzige Baum da drauß ist stehngeblieben. Sehen S' den Baum? da dran ist die Fischerhütten gstanden, da ist just ein Rosenberg darüber zaubert, der Gipfel ist grad so hoch, als das Dach von der Hütten war.

ZUFRIEDENHEIT. Gut, auf die Spitze dieses Hügels setze dich und erwarte meinen Wink. Siehst du die Sonne untersinken, und ich habe dich noch nicht gerufen, so sehe es als ein Zeichen an, daß dein und andrer Glück mit ihr hinuntersinkt, doch wirst du sie in unserer Mitte schauen, so geht dir eine neue auf, dafür bürge ich dir mit meinem Wort.

WURZEL. O du mein Himmel, was reden Sie für eine schöne Sprach, als wie ein verkleideter Professor. Gelten S', Sie sein keine Köchin?

ZUFRIEDENHEIT *(lächelnd)*. Nein, das bin ich nicht.

WURZEL. Was sein S' denn?

ZUFRIEDENHEIT. Das wirst du erfahren. Jetzt befolge, was ich dir befahl.

WURZEL. Ja, ich wills gern tun. Aber wenn ich etwa ein paar Monat oben sitzen muß, bis Sie mich rufen, so bringt mich der Hunger um. Haben S' denn gar nichts für meinen aschgrauen Magen?

ZUFRIEDENHEIT *(lächelnd).* Nun so warte. *(Sie geht in die Tür ab.)*

WURZEL. Das ist eine gute Person. Wenn ein Herr so eine Köchin hätte, wär s' manchen lieber als der gschickteste Koch.

ZUFRIEDENHEIT *(kommt zurück und bringt ihm eine Linzertorte und eine Flasche Wein).* So, mein Alter, labe dich. *(Sie hält ihm die Torte hin.)*

WURZEL. Werfen S' die Torten nur in die Butten hinein.

ZUFRIEDENHEIT. Sie ist ja voll Asche.

WURZEL. Das macht nichts, das ist gut für die Brust, den Wein schütten wir vorn hinein. So, ich danke.

ZUFRIEDENHEIT. Nun leb wohl. Tröste dich und hoffe. *(Sie geht in den Palast, nicht in das Nebengebäude, ab.)*

WURZEL. Ich hab die Ehre zu sehen. Wenn s' nur nicht auf mich vergißt, daß ich etwa aufs Jahr um die Zeit noch oben sitze. Wegen meiner, ich bleibe halt oben sitzen, schau hinunter, auf die Leut, und wenn ich was Dalkets sieh, so schrei ich: Einen Aschen!

Arie

So mancher steigt herum,
Der Hochmut bringt ihn um,
Trägt einen schönen Rock,
Ist dumm als wie ein Stock,
Von Stolz ganz aufgebläht,
O Freundchen, das ist öd!
Wie lang stehts denn noch an,
Bist auch ein Aschenmann!
Ein Aschen! Ein Aschen!

Ein Mädchen kommt daher,
Von Brüßlerspitzen schwer,
Ich frag gleich, wer sie wär?
Die Köchin vom Traiteur!
Packst mit der Schönheit ein,

Gehst gleich in d' Kuchel 'nein!
Ist denn die Welt verkehrt?
Die Köchin ghört zum Herd.
    Ein Aschen! Ein Aschen!

Doch vieles in der Welt,
Ich mein nicht etwa 's Geld,
Ist doch der Mühe wert,
Daß man es hoch verehrt.
Vor alle braven Leut,
Vor Lieb und Dankbarkeit,
Vor treuer Mädchen Glut,
Da zieh ich meinen Hut.
*(Nimmt den Hut ab.)*
    Kein Aschen! Kein Aschen! *(Ab.)*

## Fünfter Auftritt

### Verwandlung

*Zimmer im Palast mit grellroten Tapeten, ober der Tür in der Superporte das Sinnbild des Hasses. In der Ecke ein weißer schöner irdener Ofen, oben mit einer Vase. An der ersten Kulisse ein Fenster. Eine Seiten- und eine Mitteltür mit Vorhang. Auf der anderen Seite ein großer Alkoven mit einem Vorhang.*

*Die Zufriedenheit tritt zur Seite ein und geht ans Fenster.*

ZUFRIEDENHEIT. Umsonst, der Abend kömmt und er noch nicht. Wär ich nicht die Zufriedenheit selbst, ich würde ihr schon nicht mehr angehören. Wo nur der unglückselge Magier weilt?

AJAXERLE *(öffnet ein Türchen im Ofen und sieht mit dem Kopfe heraus).* Pst! Verzeihe Sie, sind Sie die Zufriedenheit?

ZUFRIEDENHEIT. Ja, mein Herr.

AJAXERLE. Warte Sie, ich komm gleich. Friesele, sauf, Öfele, tu dich gschwind auf! *(Donnerschlag. Der Ofen teilt sich in der Mitte auseinander, so zwar, daß das rußige Innere des ganzen Ofens sichtbar wird. Der gemauerte Herd in der Mitte bleibt aber stehen, auf welchem Ajaxerle auf einem eisernen Dreifuß sitzt und das kleine Zauberbüchlein und den Stab in der Hand hält.)* Nun, dem Himmel sei Dank, daß wir uns einmal sehe! Ich sitze schon über eine halbe Stunde da im Ofen und tu auf Sie passe.

ZUFRIEDENHEIT. Endlich einmal! Sie sind doch –

AJAXERLE. Freilich! ja, ich bin der Magier Ajaxerle und muß Ihnen Nachricht bringe.

ZUFRIEDENHEIT. Sprechen Sie schnell.

AJAXERLE. Ein schönes Kompliment von die Geister, und der Fischerkarl hat von dem Spitzbuben, von dem Haß, einen Ring bekommen, der ihn so reich macht, und Sie sollen alles aufbiete, daß er ihn wegwerfe tut. Und dann sollen Sie die zwei Leutle gleich herunter vermähle, sonst ist alles verlore. Sein Reichtum tut nur so lange dauern, als er den Ring am Finger hat. Kurz, wenn Sie die Geister brauchen sollten, so möchten Sie da die Schnur Perle voneinander reiße, da sind zwölf Geister angefädelt, die werden alles vollbringen. Die andern stehen auch schon auf der Paß. *(Gibt ihr eine Schnur Perlen.)*

ZUFRIEDENHEIT. Aber warum haben Sie uns denn nicht abgeholt?

AJAXERLE. Weil ich mich verschlafe hab. Ich hab mich über den Bauer so zürnt, daß mir völlig übel war, und da bin ich nach dem hohen Berg, nach dem Geisterscheckel, und hab mit die Geister erst den Plan abgemacht, bin wieder fortgloffe und hab ein Würstle bestellt, und dann hab ich aus Müdigkeit mich auf ein paar Minute niedergelegt und bin erst heute in der Früh munter worde, und derweile hat der Haß den Fischer abgfangt, und wie ich daher komme bin, hab ich den Palast gesehen, und er war mit dem Haß nach der Stadt gfahren. Da bin ich gleich zu die Geister hinaufgsprungen und hab ihnen alles erzählt, da haben sie mich brav ausgemacht, haben Ihnen den Amor geschickt, und mich haben sie mit einem kleinen Scheckle über den großen heruntergeplescht, daß ich da auf Ihnen warte soll. Sie haben zwar anfangs durchaus wem anderen schicken wollen, aber ich hab mirs nicht nehme lasse, ich muß mein Bäsle retten.

ZUFRIEDENHEIT. Und wie kommen Sie denn dort hinein? *(Auf den Ofen deutend.)*

AJAXERLE. Wie ich da über die Stiege herauf bin, ist mir einer mit einem Prügel nachgelaufe, und da bin ich geschwinde in den Ofen hineingschlupft und bin nimmer heraus. Ich hab mir gedacht, Sie müssen schon zufälligerweise heraufkomme.

ZUFRIEDENHEIT. Wenn ich nun aber nicht gekommen wäre?

AJAXERLE. Ja, da wär ich drin steckenbliebe, ich werd mich doch wegen Ihne nicht schlagen lasse.

ZUFRIEDENHEIT. Wissen Sie ihn denn nicht zu finden? Es ist die höchste Zeit.

AJAXERLE. Er muß gleich komme. Der Bustorius ist ihm schon nach in die Stadt, der wird ihn schon herprügle.

LÄRMEN *(von außen)*. Er kommt! Vivat der gnädige Herr!

ZUFRIEDENHEIT. Er kommt, machen Sie, daß Sie fortkommen, und die Geister sollen in der Nähe sein.

AJAXERLE. Ja, wie komm ich denn hinaus? Die Kerls passen ja auf mich!

ZUFRIEDENHEIT. So machen Sie sich unsichtbar.

AJAXERLE. Das kann ich ja nicht. Ich bin ja nur ein Magier, ich bin ja kein Geist. Ich muß mich ja in etwas verwandle.

ZUFRIEDENHEIT. Nun so verwandeln Sie sich, aber nur geschwind.

AJAXERLE. Ja, das geht ja nicht so geschwind, ich lern ja die Zauberei erst drei Jahr, ich bin ja nicht freigesprochen noch. Ich muß erst nachschlagen. Wissen Sie was? Ich geh wieder hinein *(deutet auf den Ofen)* und verwandle mich drinnen in ein Ofenruß. In einer halben Stunde kommt der

Rauchfangkehrer und kehrt mich hinaus. So, jetzt lebe Sie wohl. *(Er steigt in den Ofen, welcher sich wieder schließt.)*

ZUFRIEDENHEIT. Endlich ist er fort.

*(Man hört von außen Böller lösen und Vivatgeschrei. Lottchen stürzt zur Mitte herein.)*

LOTTCHEN. Er kommt! Er kommt! *(Sie öffnen hastig das Fenster.)* Er ists! Er ist allein! *(Sie streckt die Arme nach ihm aus.)* Ach Karl!

ZUFRIEDENHEIT *(zieht sie schnell vom Fenster zurück)*. Du verdirbst alles. Folge mir! *(Zieht sie schnell in den Alkoven und läßt den Vorhang vor.)*

## Sechster Auftritt

*Vorige. Karl, in sehr schönen Reisekleidern, der Haß zur Mitte herein.*

HASS. Es ist alles besorgt!

KARL. Schweig, sag ich dir! Wer waren die Mädchen, welche hier am Fenster standen? Warum sind sie entflohen? Sprich!

HASS. Euer Gnaden verzeihen – sie haben sich für höchstdero Verwandte ausgegeben.

KARL. Du lügst! Ruf sie, ich will sie sehen. *(Für sich.)* Mir sagt mein Herz, sie ists!

HASS *(für sich)*. Sollten mich die Weiber doch betrogen haben? *(Laut.)* Ich werde die Bedienten rufen.

KARL. Nein, du selbst, und schnell.

HASS. Ja, ja. Nur erlauben mir Ihro Gnaden vorher, Sie noch einmal zu warnen, diesen Ring ja nicht abzulegen, wenn Sie nicht mit ihm Ihre Geliebte und Ihren Reichtum auf immer verlieren wollen.

KARL. Besorge es nicht, er macht mich klug. Doch, um die Mädchen fort, und komme nicht ohne sie zurück, das rate ich dir.

HASS. Ich bringe sie. Nun wartet, ihr verdammten Weiber! *(Geht durch die Seitentür ab.)*

KARL *(allein)*. Nein, die Erscheinung hat mich nicht getäuscht. Als ich verzweiflungsvoll den leeren Platz betrachtete, wo gestern Wurzels Haus noch stand, da füllte sich die Luft mit Dampf, und aus einer Rauchwolke von echten Knaster trat, meinen Dienern unsichtbar, ein ungarischer Geist, der mir befahl, ich möchte schnell nach Hause reisen, wo mein Lottchen mich erwartet, um heute noch mein Weib zu werden, und er hat wahr gesprochen, ich habe sie erkannt, es ist mein Lottchen.

*(Lottchen, Zufriedenheit treten aus dem Alkoven.)*

ZUFRIEDENHEIT. Ja, sie ist es.

KARL. Lottchen! *(Will ihr in die Arme stürzen.)*

LOTTCHEN. Karl! *(Ebenso.)*

ZUFRIEDENHEIT *(tritt zwischen beide)*. Haltet!

KARL. Was soll das?

ZUFRIEDENHEIT. Karl, aus meiner Hand nur kannst du dein Lottchen erhalten, der Bauer hat sie nur erzogen, ich bin die Bevollmächtigte ihrer Mutter, doch wenn du deinem Reichtum nicht entsagst, wirst du sie nicht erhalten.

KARL. Wie? Ich sollte wieder ein elender Fischer werden, da ich sie jetzt glücklich machen kann?

ZUFRIEDENHEIT. Nie wird sie durch diesen Reichtum glücklich werden, denn ein böser Geist hat ihn geprägt.

KARL. Du lügst! Mit Gefahr meines Lebens hab ich ihn errungen. Du bist ein böser Geist, der mir mein Glück entreißen will! Fort! ich erkenne dich nicht.

LOTTCHEN. Karl, sie meint es gut –

KARL. Glaub es nicht, Sie hat dich nur betört. Lottchen, wenn du mich liebst, so eilst du zur Vermählung. Alles ist bereit. Sieh mich zu deinen Füßen, ich habe jahrelang um dich gelitten. Kannst du mich verlassen?

LOTTCHEN. Nein, nein, das kann ich nicht! Verzeih mir, teure Freundin, aber mein Karl ist mir das Teuerste auf dieser Welt, ich folge ihm.

ZUFRIEDENHEIT. Du gehst in dein Unglück.

LOTTCHEN. Sei es auch, es geschieht für ihn. *(Sie will auf Karl zu.)*

ZUFRIEDENHEIT *(die noch immer in der Mitte steht).* Nun denn! Geister, sendet eure Macht.

*(Sie zerreißt die Perlenschnur. Unter einem Trommelwirbel kommt Bustorius aus der Versenkung.)*

BUSTORIUS *(mit einer Windbüchse).* Sukkurs ist da! Da hab ich kleine Windbüchsen, sein zwölf Geister drinnen, wie ich losschieß, fahrt einer nach dem andern heraus. Du Paidás[15], wirst parieren oder nicht? Was ist dir lieber, Geld oder Madel?

KARL. Ich will beide.

BUSTORIUS. Ich glaub gern! So Narren gäbs mehr. Nichts da, kannst nur eins haben.

ZUFRIEDENHEIT *(sanft).* Karl, gib mir den Ring, den du am Finger trägst, und ich bürge dir für dein Glück.

KARL. Ha Betrügerin! Jetzt hast du dich entlarvt. Ich will den Ring und sie. Du fängst mich nicht.

BUSTORIUS. Das ist bockbeiniger Kerl!

KARL. Laßt sie los, oder ich rufe meine Geister!

ZUFRIEDENHEIT. Du opferst ihr den Ring nicht?

KARL. Nein!

ZUFRIEDENHEIT *(faßt plötzlich einen Gedanken, entreißt Bustorius seinen Zauberstab und berührt damit Lottchens Herz).* So nimm sie hin!

KARL. Komm, Lottchen!

LOTTCHEN *(will freudig auf ihn zu, bleibt plötzlich stehen und sieht ihn ernst an).* Ich kann dir nicht folgen. Fort von mir, ich liebe dich nicht – ich hasse dich!

KARL. Wie, sprichst du irre? mich, deinen Karl! *(Er schlägt mit der rechten Hand, an welcher er den Ring hat, an die Brust. Lottchen erblickt den Ring, stoßt einen Schrei aus und fällt in Ohnmacht. Die Zufriedenheit fängt sie auf.)*

15 Kamerad.

Was ist das? Hülfe! Hülfe! Zauberei! *(Bediente kommen.)* Entreißt ihr das Mädchen und schützt mich vor der Macht dieser Zauberer!

BUSTORIUS. Wie einer kommt her, schieß ich ihm ein paar Geister vor den Schädel.

KARL. Lottchen, was ist dir geschehen? *(Er naht sich ihr.)*

LOTTCHEN. Fort! ich kann den Ring nicht sehen! *(Sieht den Ring, schreit und sinkt in Ohnmacht.)*

BUSTORIUS. Nutzt dir nichts, sie liegt schon wieder da.

KARL. Weh mir! *(Er will auf sie zu.)* Sie ist bezaubert.

ZUFRIEDENHEIT. Ich habe sie bezaubert, ja! Solange sie lebt, wird sie keinen lieben, der auch nur *einen* Edelstein besitzt, und beim Anblick eines jeden Brillants wird sie ohnmächtig zu Boden stürzen. Wirf den Ring von dir, wenn du sie erhalten willst, oder ich entziehe sie auf immer deinen Augen!

## Siebenter Auftritt

*Der Haß. Vorige.*

HASS. Was geht hier vor? Zurück von ihm, oder ich vernichte dich! Kennst du den Haß? *(Schlägt auf seine Brust.)*

ZUFRIEDENHEIT *(fest)*. Nein! denn ich bin die Zufriedenheit.

HASS *(erschrickt)*. Pardon, Mademoiselle! Je suis désarmé[16]. *(Alle ihm Angehörigen ziehen sich demütig zurück.)*

ZUFRIEDENHEIT. Karl! du siehst unsere Macht, zum letztenmal ruf ich dir zu: Wirf den Ring von dir, oder du siehst sie nie wieder – du zauderst? Wohlan, lebe wohl! *(Sie steht mit Lottchen auf der Seitenversenkung. Aus dieser erhebt sich eine schmale Wolke und geht mit ihnen ungefähr vier Schuh hoch in die Höhe, so daß Lottchen ohnmächtig kniet und die Zufriedenheit sie in den Armen hält. Wenn die Wolke zwei Schuh hoch aus der Versenkung sich*

16 Verzeihung, mein Fräulein, ich bin entwaffnet.

*erhoben hat, springen zwei Nebenwolken oder Nebenteile hervor, so daß die Wolke eine breitere Form erhält und das Ganze ein Tableau bildet.)*

KARL *(heftig).* Halt ein – Und wenn die Welt am Finger glänzte, ohne sie gilt mir nichts! Fort mit ihm!

*(Er wirft den Ring weg. Blitzstrahl. Die Furien entfliehn.)*

HASS. Verwünschtes Weibervolk! *(Versinkt.)*

*(Verwandlung in die Gegend der Fischerhütte.*

*Karls Kleid fällt ab, er steht als Fischer da. Wurzel sitzt auf dem Dach der Fischerhütte, in welche sich der Rosenhügel verwandelt. Wenn Lottchen und die Zufriedenheit herab sind, verschwindet die Wolke.)*

LOTTCHEN *(erwacht).* Karl, ich danke dir!

KARL. Lottchen, du bist mein!

WURZEL *(der eingeschlafen war und durch den Donner erwachte, ruft).* Ein Aschen!

KARL }
LOTTCHEN } *(sehen sich um).* Wer ist das?

ZUFRIEDENHEIT. Der bestrafte Fortunatus.

WURZEL. Ich segne euch!

ZUFRIEDENHEIT. Und Hymen soll euch verbinden. *(Winkt.)*

HYMEN *(kommt aus der Versenkung mit einem kleinen Opferaltar, tritt in ihre Mitte und spricht).* Auf ewig!

WURZEL. Ein Aschen!

BUSTORIUS. Feuer!

*(Er schießt los. Donnerschlag. Alle Geister der Introduktion kommen auf Seitenwolken und Versenkungen schnell herbei. Lakrimosa sinkt in einem Wolkenwagen nieder, über dem ein Genius schwebt mit der Schrift:* Erlösung!)

LAKRIMOSA. Dank euch, meine Lieben, ich bin glücklich!

BUSTORIUS. Ist gern geschehen! Schaffen Sie ein anders Mal wieder.

ZUFRIEDENHEIT. Dies ist deine Mutter.

*(Lottchen sinkt zu ihren Füßen.)*

LAKRIMOSA *(hebt sie auf).* An mein Herz!

WURZEL. Ein Aschen!

LAKRIMOSA *(sieht ihn).* Du hast gebüßt. Sei, was du stets hättest bleiben sollen. *(Winkt.)*

WURZEL *(verwandelt sich auf dem Dach in einen Bauer, springt herab).* Alloh! Jetzt bin ich wieder in mein Element! Mein Schönheit war im Versatzamt, jetzt haben s' mir s' ausglöst.

*(Ajaxerle, mit ihm der kleine Satyr mit der schwarzen Tafel, worauf Wurzels Schwur steht. Ajaxerle nimmt ihm dieselbe aus der Hand und hält sie Wurzel vor.)*

AJAXERLE. Der Schneckenhändler ist da, was du geschworen hast, ist geschehen. Jetzt sind wir wieder gute Freund. Punktum! *(Löscht den Schwur von der Tafel.)*

LAKRIMOSA. Brillanten darf ich dir nicht zum Brautschatz geben. Aber das schönste Fischergut mit ewig reichem Fang sei dein. *(Winkt.)*

*(Verwandlung in eine romantische Fischergegend an einem reizenden See. In der Ferne blaues Gebirge.*

*Genien, als Fischer gekleidet, schiffen auf einem Kahn, werfen Netze aus und formieren ein Tableau.)*

LAKRIMOSA. Stets bleibt euch die Liebe eurer Mutter.

ZUFRIEDENHEIT. Und die Freundschaft der Zufriedenheit.

WURZEL. Sein Sie die Zufriedenheit? Da lassen wir Ihnen heut nicht mehr aus.

ZUFRIEDENHEIT. Dies sei mein Brautgeschenk.

*(Sie winkt, ein kleiner Wasserfall entsteht, worüber sich die Worte befinden:* Quelle der Vergessenheit des Üblen. *Ein Genius sitzt an der Quelle und reicht allen Becher.)*

WURZEL. Da trinken wir gleich jetzt auf Ihre Gesundheit den zufriedensten Rausch.

Schlußgesang

Vergessen ist schön, und es ist gar nicht schwer,
Denn was man vergißt, von dem weiß man nichts mehr.
Und wer uns ein Geld leiht, den führt man schön an,
Man laßt ihn nur trinken, er weiß nichts davon.

CHOR. Und wer uns ein Geld leiht, den führt man schön an,
Man laßt ihn nur trinken, er weiß nichts davon.
WURZEL. Vergessenheit trinket dem Haß und dem Neid,
Damit uns das Leben bloß liebend erfreut.
Doch bringt man den Gönnern der Dankbarkeit Zoll,
Da senkt man den Becher, das Herz ist nur voll.
CHOR. Doch bringt man den Gönnern der Dankbarkeit Zoll,
Da senkt man die Becher, das Herz ist nur voll.
*(Alle senken ihre Becher.)*
WURZEL. Hier ist der Zufriedenheit herrlichste Perl,
Ich hab s' bei der Falten, ich glücklicher Kerl.
Doch kommts mir allein nicht zu, glücklich zu sein,
Wir nehmen s' in d' Mitten und schließen sie ein.
*(Er stellt die Zufriedenheit in die Mitte. Auf beiden Seiten schließt sich alles an sie an, umschlingt sich und bildet einen Halbzirkel.)*
CHOR. Doch kömmts ihm allein nicht zu, glücklich zu sein,
Wir nehmen s' in d' Mitten und schließen sie ein.
WURZEL. Sie dürfen auf keinen Fall mehr von dem Ort,
Man läßt die Zufriedenheit nicht so leicht fort!
Und eine Gnad bitt ich mir heute noch aus:
Begleiten S' voll Achtung das Publikum z' Haus!
CHOR. Und eine Gnad bitt er sich heute noch aus:
Begleiten S' voll Achtung das Publikum z' Haus!

Repetition

WURZEL. Wir lebn doch wahrhaftig in herrlichen Zeiten,
Jetzt kommt die Zufriedenheit von allen Seiten.
Hier steht noch die unsre, sie ist uns noch treu,
*(an das Publikum)*
Und Sie schenkn uns Ihre, jetzt habn wir gar zwei.
CHOR. Hier steht noch die unsre, sie ist uns noch treu,
Und Sie schenkn uns Ihre, jetzt habn wir gar zwei.
WURZEL. Erlaubn S' nur, daß beide jetzt Hand in Hand gehn,
Denn unsre kann ja nur durch Ihre bestehn.

Und dies Kapital ist ein ewiger Kauf,
Denn Sie sind zu gütig, Sie kündens nie auf.
CHOR. Und dies Kapital ist ein ewiger Kauf,
Denn Sie sind zu gütig, Sie kündens nie auf.

# Nachwort

Wenn Wien als eine der führenden Theaterstädte des 19. Jahrhunderts, ja als *die* Theaterstadt schlechthin bezeichnet worden ist, so gilt dieser Ruhm nicht nur den Leistungen des künstlerisch hochqualifizierten Schauspiels, wie es im Burgtheater vorbildliche Gestalt gewann, oder der kaum minder eindrucksvoll vertretenen Oper, sondern vor allem auch dem Wiener Volks- und Vorstadttheater. Eine besondere Spielart hatte sich hier mit dem Zaubermärchen, der Zauberposse ausgeprägt. Sowohl aus dem Geiste des prunkvollen Barocktheaters als auch der launenbewegten Stegreifkomödie geboren, hatte diese Gattung niemals ihre unmittelbare Verbundenheit mit dem Volke verloren, sie war zum eigentlichen Lokalstück geworden. Dieses Wiener Lokalstück hat Ferdinand Raimunds dichterisches Genie zu einer überzeitlichen, allgemein menschlichen Bedeutung erhoben.

Ferdinand Raimund, mit bürgerlichem Namen Raimann, ist selbst ein Kind der Wiener Vorstadt gewesen. Am 1. Juni 1790 war er im Haus »Zum goldenen Hirschen« in der Mariahilferstraße als Sohn eines Drechslermeisters zur Welt gekommen. Nach dem frühen Tode der Eltern nimmt man den Knaben aus der Schule heraus, um ihn bei einem Konditor in die Lehre zu geben. In diesem Zeichen vollzieht sich die entscheidende Begegnung mit dem Theater. Als sogenannte »Numero« hat der junge Ferdinand die Zuckerwaren seines Meisters Jung im Burgtheater während der Pausen feilzubieten, und sein theaterfreudiger Sinn verfällt dem Zauber des Theatermilieus. Mit achtzehn Jahren läuft er davon, um Schauspieler zu werden. Er durchmißt die harte, aber heilsame Schule der Provinz und landet 1814 am Theater in der Josefstadt in Wien. Dort betätigt er sich zunächst im tragischen Fach; die Aufmerksamkeit des Publikums erringt er aber erst, als er seine humoristische Begabung spielen läßt. Seine schauspielerische Laufbahn ist damit entschieden, obwohl Raimund diese Wendung niemals ganz verwunden hat. Wie bei nahezu allen großen Komikern brannte auch in ihm die Sehnsucht nach der tragischen Muse. Zur wohlfeilen Possenwirkung ist der Darsteller Raimund allerdings nie hinabgestiegen. Ehrte er doch Bild und Würde des Menschen selbst in seiner komischen Verzerrung. Lebenswahrheit galt ihm als oberstes Gebot. Deshalb konnte ein so strenger und tiefblickender Richter wie der Burgtheater-Schauspieler Costenoble von ihm sagen: »So wie Raimund ist kein lebender Schauspieler ins menschliche Herz gedrungen und keiner hat das Vermögen, das Aufgefaßte in so hoher Vollendung wiederzugeben.«

Raimunds Schauspielertum und Dichtertum sind untrennbar miteinander verbunden. Denn die darstellerische Begabung setzte den Dichter instand, die Bilder seiner poetischen Phantasie in lebendige Bühnenwirklichkeit zu verwandeln. So ist das gemütstiefe schauspielerische Vermögen Raimunds zur Voraussetzung seines Dichtertums geworden. In dieser gegenseitig sich bedingenden Doppelbegabung zählt er zu den Geistesverwandten Molières und seines späteren Antipoden Johann Nestroy. Aber während dessen Wirken kraft einer derberen, handgreiflicheren Art die ungeteilte Gunst des Publikums erfuhr, fand Raimunds diskretere, oft von leiser Wehmut getragene Art nicht immer das richtige Verständnis. Unter dieser Verkennung des Besten und Edelsten, was er als Schauspieler und Dichter zu geben hatte, hat sein durch manche bittere Lebens- und Kunsterfahrung verdüstertes Gemüt empfindlich gelitten. Es war keine leichte Aufgabe, das vom Geschmack breiter Massen bestimmte Niveau der Volksbühne auf eine künstlerisch und ethisch höhere Stufe zu heben; und so mancher Erfolg auch diesem Streben beschieden gewesen sein mag, im Grunde seines Wesens ist Raimund von der Unlösbarkeit dieser Aufgabe überzeugt gewesen. Kein Wunder, wenn er davon träumte, einmal von der Bühne des Burgtheaters zu sprechen. Erst nach dem tragischen Ende des Dichters hat sich dieser Wunsch erfüllt.

Im Jahre 1817 ging Raimund zur »Konkurrenz«, an das Theater in der Leopoldstadt, dem er dreizehn Jahre lang angehörte. Seine Verdienste wurden dadurch gewürdigt, daß man ihn, den beliebten Darsteller, im Jahre 1821 zum Regisseur ernannte. Hier wurde er nun zum Bühnendichter. Den Anstoß hat zunächst nicht innerer Zwang, sondern eine äußere Veranlassung gegeben. Der Possendichter Meisl, einer der Hausautoren des Theaters, hatte ein von ihm begonnenes Stück nicht vollenden können. Raimund bearbeitete den bereits vorhandenen ersten Akt und fügte aus eigener Feder einen zweiten hinzu. So entstand der am 18. Dezember 1823 uraufgeführte *Barometermacher auf der Zauberinsel*. Dessen freundliche Aufnahme ermunterte Raimund zu weiterem Schaffen, so daß bereits ein Jahr später, am 17. Dezember 1824, *Der Diamant des Geisterkönigs* über die Bretter gehen konnte. Hatte sich der *Barometermacher* noch in den Bahnen des üblichen Zauberpossenschemas bewegt, wobei in der Treffsicherheit der Charakterzeichnung bereits persönliche Züge zutage traten, so vermochte sich *Der Diamant des Geisterkönigs* bereits sehr entscheidend vom üblichen Klischee zu lösen und ein spezifisch Raimundsches Gepräge anzunehmen.

Bei diesen beiden ersten Stücken aber hatte sich der Dichter noch auf Vorlagen und Muster gestützt. Erst in seiner dritten dramatischen Arbeit, im *Mädchen aus der Feenwelt oder Der Bauer als Millionär*, wurde er zum Erfinder des Stoffes, so daß er mit Stolz von einem »Original-Zaubermärchen« sprechen konnte. Dieses stellt Raimunds erste vollgültige dichterische Leistung dar. Gewiß kann man in der für den damaligen Geschmack unerläßlichen Feen- und Zauberwelt der Rahmenhandlung und der durch sie bedingten »Maschinenkomödie« noch manches Erkünstelte oder dramaturgisch Unzulängliche finden, allein diese Schwächen werden aufgewogen durch den prachtvollen realen Kern des Geschehens, der in der Figur und in dem Geschick des Bauern Fortunatus Wurzel ruht. In ihm hat der Dichter ein Bild des Lebens von allgemein menschlicher Geltung geschaffen, obwohl er mit solcher Wahl zugleich ein in jenen Tagen aktuelles Problem zu behandeln dachte. War doch seit dem Beginn des 19. Jahrhunderts in Wien eine starke gesellschaftliche Umschichtung vor sich gegangen, bei der sich der Emporkömmling, der Neureiche stark in den Vordergrund spielte. Dieselbe Woge, die diese Leute zu Reichtum und Ansehen emporgetragen hatte, verschlang sie oft nach kurzer Frist wieder. Schon der Knabe Raimund war in der Vorstadt Mariahilf Zeuge derartiger Schicksale geworden. Wurzels Los, das ihm zunächst unerwarteten Reichtum in die Hände spielt und diesen ebenso plötzlich wieder zerrinnen läßt, war demnach aus eigener Anschauung geboren und mit Unmittelbarkeit gestaltet worden. Es wird dem Dichter zum Sinnbild der Vergänglichkeit, dadurch noch gesteigert, daß die Mittel, deren er sich bedient, ebenso einfach wie echt sind. Jene Szenen, in denen die Jugend in eigener Person Abschied von Fortunatus nimmt und dafür das Alter gespenstischen Einzug hält, sind Verwirklichungen dichterischer Visionen, deren ergreifender Macht wenig Ebenbürtiges an die Seite zu setzen ist. Denn während manche andere Figuren wie Zufriedenheit, Neid und Haß noch im luftleeren Raum der Allegorie verharren, gewinnen Jugend und Alter deshalb so elementares Leben, weil sie Widerspiegelungen dessen sind, was unbewußt in Wurzels eigenem Innern vorgeht. Die gleiche Symbolkraft der dramatischen Situation, die das Kennzeichen tieflotender Kunst ist, umwittert auch den Monolog des Aschenmanns, eine kalenderhaft schlichte, geradezu mit den Zungen J. P. Hebels *Kannitverstan* redende Versinnbildlichung der »vanitatum vanitas«. Raimund mag gefühlt haben, wie nah er hiermit die Zauberposse an die Bezirke tragischer Wirkung heranrückte, und so griff er auf der anderen Seite zu vielen »täppischen Kleinigkeiten«, weil er fürchtete, das Publikum möchte sonst das Stück zu ernsthaft finden. Man läßt sich dies Rankenwerk gerne gefallen um jener dichterischen Substanz willen, die aus Wurzels Schicksal spricht.

Der Erfolg der Uraufführung am 10. November 1826 übertraf alle Erwartungen. Raimund selbst spielte den Fortunatus Wurzel; er wurde eine seiner besten Rollen. Unter diesem Eindruck rief der berühmte Schauspieler Ludwig Devrient aus: »Der Mann ist so wahr, daß ein so miserabler Mensch wie ich ordentlich mitfriert und leidet.« Neben Raimund faszinierte die beliebte Therese Krones als Jugend ganz Wien. Auch sie hatte eine völlig ihrem Wesen entsprechende Aufgabe gefunden, ihr Andenken in der Theatergeschichte lebt in der Hauptsache durch diese Rolle. »Das ganze Haus jubelte, lachte und – weinte, und ich jubelte und lachte und weinte mit«, berichtet ein Augenzeuge. Auch in anderen Städten gewann *Der Bauer als Millionär* die Gunst des Publikums. Er entzückte München und Leipzig, Berlin und Hamburg. Raimund nahm daher das Stück in sein Gastspielrepertoire auf. Insbesondere am Liede des Aschenmanns, zu dem er unzählige, mit lokalen Anspielungen gespickte Zusatzstrophen geschrieben hat, konnten sich die Theaterbesucher nicht satthören.

Die für das Zaubermärchen nicht unwichtige Musik stammt von *Joseph Drechsler* (1782–1852). Der in Wälisch-Birken (Böhmen) geborene Komponist hatte zunächst als Theaterkapellmeister in der Provinz gewirkt, wurde Chorregent und Organist in Wien und führte von 1822 bis 1830 den Dirigentenstab im Theater in der Leopoldstadt. 1844 trat er die Nachfolge Gänsbachers im Kapellmeisteramte am Stephansdom an. Wie seine praktische Karriere ist auch seine Kompositionstätigkeit Bühne und Kirche zugleich gewidmet. Für die Kirche schuf er zahlreiche Messen und kleinere liturgische Werke, sein weltliches Schaffen umfaßt mehrere Oratorien und Opern, vor allem aber Musik zu Singspielen und Zauberpossen. Mit Raimund hat er später noch einmal, nämlich bei der *Unheilbringenden Krone*, zusammengearbeitet, allerdings nicht unter dem gleichen günstigen Gestirn wie im *Bauer als Millionär.* Leo Fall hat den vielgewandten Meister zum Helden des anmutigen Altwiener Singspiels *Brüder-*

*lein fein* gemacht; er irrt jedoch, wenn er Drechsler darin die Melodie des zur Volksweise gewordenen Abschiedsliedes der Jugend zuschreibt. Denn wie ein handschriftliches Blatt aus des Dichters Nachlaß unwiderlegbar dartut, ist sowohl diese als auch die Melodie des Aschenliedes Ferdinand Raimunds alleiniges Eigentum.

*Wilhelm Zentner*

# Ferdinand Raimund

IN RECLAMS UNIVERSAL-BIBLIOTHEK

*Der Alpenkönig und der Menschenfeind.* Romantisch-komisches Original-Zauberspiel in zwei Aufzügen. Nachwort von Wilhelm Zentner. 100 S. UB 180

*Das Mädchen aus der Feenwelt oder Der Bauer als Millionär.* Romantisches Original-Zaubermärchen mit Gesang in drei Aufzügen. Nachwort von Wilhelm Zentner. 79 S. UB 120

*Der Verschwender.* Original-Zaubermärchen in drei Aufzügen. Nachwort von Wilhelm Zentner. 94 S. UB 49

Philipp Reclam jun. Stuttgart

# Johann Nestroy

IN RECLAMS UNIVERSAL-BIBLIOTHEK

---

*Der böse Geist Lumpazivagabundus oder Das liederliche Kleeblatt.* Zauberposse. (W. Zentner) 78 S. UB 3025

*Freiheit in Krähwinkel.* Posse. (J. Hein) 88 S. UB 8330

*Höllenangst.* Posse. (J. Hein) 144 S. UB 8382

*Judith und Holofernes. Häuptling Abendwind.* Einakter. (J. Hein) 85 S. UB 3347

*Einen Jux will er sich machen.* Posse. (W. Zentner) 103 S. UB 3041

*Das Mädl aus der Vorstadt oder Ehrlich währt am längsten.* Posse. (F. H. Mautner) 93 S. UB 8553

*Die schlimmen Buben in der Schule. Frühere Verhältnisse.* Einakter. (J. Hein) 96 S. UB 4718

*Der Talisman.* Posse. (O. Rommel) 117 S. UB 3374

*Der Zerissene.* Posse. (O. Rommel) 86 S. UB 3626

*Zu ebener Erde und erster Stock oder Die Laune des Glückes.* Lokalposse. (J. Hein) 151 S. UB 3109

*»Die Welt steht auf kein' Fall mehr lang«. Nestroy zum Vergnügen.* (J. Hein) 172 S. UB 9409

---

Philipp Reclam jun. Stuttgart

# Komödien der deutschen Literatur

IN RECLAMS UNIVERSAL-BIBLIOTHEK

---

Auswahl

Büchner, *Leonce und Lena.* 64 S. UB 7733

Gellert, *Die zärtlichen Schwestern.* 119 S. UB 8973

Goethe, *Die Mitschuldigen.* 56 S. UB 100

Goetz, *Dr. med. Hiob Prätorius.* 84 S. UB 8445

Grabbe, *Scherz, Satire, Ironie und tiefere Bedeutung.* 86 S. UB 397

Grillparzer, *Weh dem, der lügt!* 101 S. UB 4381

Gryphius, *Absurda Comica oder Herr Peter Squenz.* 77 S. UB 917

Kleist, *Amphitryon.* 93 S. UB 7416 – *Der zerbrochne Krug.* 79 S. UB 91

Kotzebue, *Die deutschen Kleinstädter.* 88 S. UB 90

Lenz, *Der Hofmeister.* 104 S. UB 1376 – *Die Soldaten.* 79 S. UB 5899

Lessing, *Der junge Gelehrte.* 128 S. UB 37 – *Minna von Barnhelm.* 111 S. UB 10

Nestroy, *Einen Jux will er sich machen.* 103 S. UB 3041 – *Der böse Geist Lumpazivagabundus.* 78 S. UB 3025 – *Der Talisman.* 108 S. UB 3374 – *Der Zerrissene.* 86 S. UB 3626

Raimund, *Der Alpenkönig und der Menschenfeind.* 112 S. UB 180 – *Der Bauer als Millionär.* 79 S. UB 120 – *Der Verschwender.* 94 S. UB 49

Schiller, *Turandot.* 91 S. UB 92

Tieck, *Der gestiefelte Kater.* 87 S. UB 8916

---

Philipp Reclam jun. Stuttgart

# Deutsche Dichter

## Leben und Werk deutschsprachiger Autoren

Herausgegeben von
Gunter E. Grimm und Frank Rainer Max

---

Band 1: Mittelalter. 480 S. UB 8611

Band 2: Reformation, Renaissance und Barock. 471 S. UB 8612

Band 3: Aufklärung und Empfindsamkeit. 418 S. UB 8613

Band 4: Sturm und Drang, Klassik. 437 S. UB 8614

Band 5: Romantik, Biedermeier und Vormärz. 624 S. UB 8615

Band 6: Realismus, Naturalismus und Jugendstil. 495 S. UB 8616

Band 7: Vom Beginn bis zur Mitte des 20. Jahrhunderts. 572 S. UB 8617

Band 8: Gegenwart. 620 S. UB 8618

Das achtbändige, insgesamt über 4000 Seiten umfassende Werk *Deutsche Dichter* ist deutschsprachigen Autoren vom Mittelalter bis zur jüngeren Gegenwart gewidmet. Auf anschauliche Weise schreiben Fachleute in Beiträgen von 5 bis zu 50 Seiten Umfang über Leben und Werk von rund 300 bedeutenden Dichtern. Ein Porträt des Autors und bibliographische Hinweise ergänzen die einzelnen Darstellungen.

---

Philipp Reclam jun. Stuttgart